Irene Pietsch

ggg.plattform.ka

Mandamos Verlag

© 2016 Irene Pietsch

Umschlag: Irene Pietsch
Vorderseite: „Joker"
Rückseite: „Regie und Gewonnen"
Illustration: Irene Pietsch
Seiten 6: „La Famille LoLo", 27: „Genuss", 42: „Buffo", 59: „Rossini tanzt", 86: „Instinktiv" 95: „Hokuspokus", 107: „Archimedes", 115: „Apollo in action", 125: „Beim nächsten Ton bitte sprechen", 137: „Fachkundiges Publikum", 155: „Fußball", 169: „Diktat".

Verlag: Mandamos Verlag UG (haftungsbeschränkt) Alte Rabenstr.6, 20148 Hamburg

Herstellung und Auslieferung:
tredition GmbH, Grindelallee 188, 20144 Hamburg

ISBN

Paperback	978-3-946267-06-5 Paperback
Hardcover	978-3-946267-07-2 Hardcover
e-Book	978-3-946267-08-9 e-Book

Printed in Germany

Das Werk, einschließlich seiner Teile, ist urheberrechtlich geschützt. Jede Verwertung ist ohne Zustimmung des Verlages und der Autorin unzulässig. Dies gilt insbesondere für die elektronische oder sonstige Vervielfältigung, Übersetzung, Verbreitung und öffentliche Zugänglichmachung.

Inhaltsverzeichnis

Überblick einer gewollten Satire	7
Die Götter und Tell	9
Die Götter auf Sendung	93

Überblick einer gewollten Satire

Die Götter des Klassischen Altertums verbünden sich mit den Erzengeln Cherub und Seraf, um Gioachino Rossini unsterblich zu machen.

Rossini selber ist zwar nicht nur Marketing-, sondern ebenso Finanzgenie, bedarf aber einer Aufmunterung. Er hat seine „Alterstorheiten" in Musik gesetzt und damit die Komponistenkarriere offiziell beschlossen. Undenkbar! Das Publikum verlangt mehr denn je nach ihm. Grund genug für die Götterschar, sich des Problems anzunehmen.

Insbesondere Apollo und Artemis als Götter vom Musenfach geben nicht auf, den weltberühmten Künstler mit Charme positiv zu stimmen.

Und wirklich! Noch einmal greift Rossini zur Feder, um eine große Oper zu komponieren: „Tell". Ein neues Format entsteht, das sich als hervorragende Idee erweist, um neue Kreise zu erschließen. Danach wird der Maestro unsterblich.

Auch Artemis als Füllhorn profitiert davon. Unter Mitwirkung von Apollo als Herr Poppinga organisiert sie Veranstaltungen und kreiert ein Internet Unterhaltungsprogramm unter „Füllhorn Plattform" ggg.plattform.ka.

Herr Poppinga steht dem Füllhorn in nichts nach und erreicht mit volksnahen Interviews auf „Poppinga Plattform" ggg.plattform.ka rekordverdächtigen Kultstatus, so dass eine Steigerung selbst für ihn schwer vorstellbar ist.

Und dennoch: es gibt sie! Er begleitet eine Gruppe Elefanten, in der alle Solisten, alle Team sind, wo höhere Mathematik und Sprachwitz zu einem Lebensquiz des Chancenreichtums werden. Es ist eine Live Show, bei der sich eine ganz besonders profiliert: Sie lebt ein Manuskript vor.

Die Götter und Tell

Und so weiter

Hier Zerberus, Büro Minister Merkur. Guten Tag.

Guten Tag auch.

Sie waren heute mit Herrn Minister zu einem Interview verabredet.

So ist es.

Der Herr Minister hat soeben angerufen und gebeten, Ihnen mitzuteilen, dass er beim großen Stadttor im Stau steckt.

Und?

Das Interview muss aus wichtigem Grund verschoben werden. Sie verstehen…

Nicht ganz.

Es steht zu befürchten, dass der Stau sich nicht so schnell auflöst wie gewünscht.

Wie ärgerlich!

Mehr als das!

Dem kann ich nur beipflichten. Ist das etwaige Stauende in Sicht? Ich kann warten - oder soll ich hingehen? Mir macht es wirklich nichts aus. Ich bin zu Fuß.

Ich muss Sie bitten, davon Abstand zu nehmen. Die Lage ist höchst prekär. Ein Wanderer behindert den Wagen des Herrn Minister mit Überholmanövern. Wir haben bereits die Straßenwacht alarmiert, aber es heißt, dass der Wanderer seine Wanderung angemeldet hat.

Man erlebt immer wieder das eine oder andere Wunder.

Ich verstehe nicht.

Ich habe mir erlaubt, mich zu wundern.

Dafür war keine Ursache.

Für mich schon - können wir einen neuen Termin verabreden?

Das ist schwierig. Heute ist mein letzter Arbeitstag vor dem Urlaub. Das Büro ist dann nicht besetzt. Im Notfall können Sie über die Zentrale gehen.

Wer meldet sich da?

Frau Kassandra.

Danke. Ich habe mir das notiert. Eine Frage noch: Wann kommen Sie zurück?

Wenn der Herr Minister urlaubsreif ist.

Und das wäre wann?

Nach Abarbeitung des Berges von Unterschriftsmappen. Ausschließlich dafür kommt er inoffiziell ins Büro.

Interessant! Darf ich Sie fragen, ob seine Unterschriften überhaupt gültig sind, wenn er nur inoffiziell im Büro ist?

Das kann ich Ihnen ohne Rückfrage im Justizministerium nicht beantworten.

Ich warte.

Ganz unmöglich. Ich werde aber sofort nachfragen, wenn ich meinen Urlaub storniert habe!

Kann ich aus Ihrem Urlaubsstorno schließen, dass der Minister nicht urlaubsreif ist.

Dazu darf ich nichts sagen.

Ist es denn anzunehmen, dass die Unterschriften, die zu leisten sind, innerhalb eines Dienstzeitraums absolviert werden?

Wir arbeiten daran.

Sie könnten mir demzufolge einen Termin vermitteln?

Ich denke darüber nach, was sich trotz aller Eventualitäten, die gerade jetzt unsere Tagesordnung zu bestimmen scheinen, machen lässt. Sie hatten zwar Gelegenheit mitzuhören, wie ich meinen Urlaub storniert habe, sitzen jedoch einem Irrtum auf, wenn Sie meinen, dass mein Urlaubsstorno gleichbedeutend ist mit meiner dienstbereiten Anwesenheit.

Sie würden mir also keinen Termin geben können?

Versuchen Sie es morgen noch mal.

Bei Ihnen?

Das kann ich noch nicht sagen. Ich meine, Sie kommen am schnellsten zu einem befriedigenden Ergebnis, wenn Sie sich in Abständen immer mal wieder melden. Falls das keinen Erfolg zeitigen sollte, werden wir unsererseits versuchen, Sie zu erreichen.

Vielen Dank für Ihr Entgegenkommen.

Gleich darauf

Hier Merkur, spreche ich mit der Presseagentur Apollo?

Am Apparat.

Hat mein Büroleiter Sie schon wegen eines neuen Termins angerufen?

Ich soll morgen zurückrufen.

Um was geht es in dem Interview?

Mit Ihnen?

Ich denke schon.

Sie waren Ehrengast beim Symposium der Ministerin Hygieia.

Eine nachhaltige Veranstaltung! Ich überlege, sie zu beleihen.

Können wir darüber sprechen?

Gerne. Kommen Sie morgen in mein Büro. Mein Büroleiter wird Ihnen einen Termin geben.

In dem Telefonat, das ich unlängst mit Ihrem Büroleiter führen durfte, ließ er mich wissen, dass Art und Umfang seiner Anwesenheit ungewiss ist, was die präzise Terminvergabe erschwert.

Dann muss ich mal selber gucken. Lieber vormittags oder nachmittags?

Wie sieht es am Mittag aus?

Mittag ist gut. Mittags bei mir im Büro. Zwischen Vormittag und Nachmittag.

Danke! Ich bin morgen zwischen Vormittag und Nachmittag mittags in Ihrem Büro.

Ihr Name?

Apollo.

Wie die Presseagentur?

Ich bin ihr Gründer und Geschäftsführer. Apollo, Presseagentur Apollo. Beim Hühnerposten.

Die Anschrift brauche ich nicht.

Wir sehen uns. Danke.

Kurz danach

Presseagentur Apollo, was kann ich für Sie tun?

Büroleitung Minister Merkur, guten Tag.

Ah ja!

Apollo selber?

So ist es.

Hier Zerberus. Haben wir gerade über einen neuen Termin bei dem Herrn Minister gesprochen?

So ist es. Er war von Ihnen vage angedacht. Sie wollten sich noch mit dem Justizministerium wegen der Gültigkeit von Unterschriften außerhalb der offiziellen Dienstzeiten und dem damit verbundenen Storno Ihres Urlaubs in Verbindung setzen.

Da muss ein Missverständnis entstanden sein! Ich habe kein Problem mit dem Storno.

Gut für Sie!

Ich rufe deshalb an.

Wie darf ich das verstehen?

Minister Merkur hat einen Termin für Sie.

Das ist mir bekannt. Der Minister hat mich soeben selber angerufen. Ich habe ihm meinen Wunsch vorgetragen, dem er entgegen kommen konnte.

Bei mir steht nichts.

Vielleicht unter meinem Namen?

Können Sie ihn bitte konjugieren?

A- p- o- l- l- o, Presseagentur Apollo, Hühnerposten.

Danke, die Anschrift notiere ich später. Wann sind Sie hier verabredet?

Vielleicht fragen Sie den Herrn Minister selber. Ich möchte nicht vorgreifen.

Ich verstehe. Sie können mich jeder Zeit anrufen, wenn Sie noch Fragen haben.

Sie befinden sich demnach nicht mehr in der Stornoflexibilität?

So ist es.

Alles klar. Vielen Dank.

Wir hören also voneinander?

Wenn es sich ergibt.

Davon gehe ich aus.

Das ist ein Optimum!

Ich gebe das gerne an den Herrn Minister weiter.

Entschuldigung, wie habe ich das zu verstehen?

Ein Optimum ist eine Größe, die meldepflichtig ist.

Dann nehmen Sie doch einfach nur das, was Sie gegenwärtig brauchen. Bei weniger als zehn Prozent netto, dürfte es wohl keine Probleme geben.

Mir wäre es lieber, Sie würden mich davon entbinden und dem Herrn Minister das Optimum überreichen, wenn Sie ihn interviewen.

Wenn ich Ihnen damit einen Gefallen tue – gerne! Es geht um eine Gala mit Rossini.

Der berühmte Komponist?

Sie sagen es.

Was haben Sie mit ihm zu tun?

Ich werde ihn interviewen. Es heißt, er hat Interesse, für Minister Merkur seine Kompositionsinaktivität aufzugeben.

Das müsste ich wissen.

Ich will nicht vorgreifen.

Scheuen Sie sich nicht, mich zu bemühen, wenn Sie bei Rossini nicht weiterkommen sollten.

Vielen Dank für das Angebot!

Rossinissimo

Maestro, Sie wissen, dass sich die Presseagentur Apollo insbesondere mit der Vertonung von historischen Sujets befasst – Sie hingegen leben seit einiger Zeit zurückgezogen, was uns mit Sorge erfüllt. Meiden Sie die Öffentlichkeit oder die Öffentlichkeit Sie?

Sehen Sie, wenn die erste Vermutung der Tatsache entspräche, würde ich kaum Anlass für die zahlreichen Gerüchte bieten, mit denen ich beehrt werde. Was alles über mich in Umlauf ist! Und nur, weil ich einige wenige Parzellen im Jardin du Luxembourg erworben habe und versuche, ihren Wert zu steigern.

Mit großem Erfolg, wie man hört.

Bitte, bitte! Das ist stark übertrieben. Ich würde sagen, der Erfolg hat nicht auf sich warten lassen, aber deshalb über mich zu verbreiten, ich hätte auffällig kurz danach meine „Diebische Elster" komponiert, kränkt mich.

…und haben danach mit den „Alterstorheiten" begonnen?

Ich habe gewissermaßen zur Selbstheilung gegriffen.

Gegen Kränkungen?

Wenn Sie das so nennen wollen.

Allein die Wirkung ist von Bedeutung.

Ich fürchte, Sie unterschätzen die Schwere des Problems in seiner Komplexität. Nach strapaziöser Wartezeit und vielen Behördenauflagen, habe ich nun die Parzellen im Jardin und kann sie nicht mehr in dem Umfang bearbeiten, wie ursprünglich angedacht. Ein Verlust, der kaum zu beziffern ist!

Haben Sie Pläne, das Blatt noch zu wenden?

Ich gestehe, dass ich gar nicht so viel stöhnen kann, wie ich müsste, um zu einer auch nur halbwegs gerechten Lösung zu kommen.

Wer oder was könnte Sie animieren?

Ich werde nicht mehr komponieren. Ich bereite eine Gala vor.

Darf ich schon Näheres erfahren?

Das Beste aus meinen vorderorientalischen Opern aus der Sicht jetziger Verhältnisse.

Fantastisch!

C&S hat bereits mit der Planung angefangen.

Cherub und Seraf?

So ist es.

Das ist eine Größenordnung, die nicht mehr überboten werden kann - nur noch von Ihnen selber durch eine neue Komposition.

Mein lieber Apollo, so sehr ich Sie schätze, aber Sie erwarten zu viel!

Maestro, Sie waren immerhin so liebenswürdig, dieses Interview zu gewähren, haben Sie vielleicht statt einer Komposition ein Bonmot für unsere Leser?

Ich möchte darüber nachdenken.

Wann können Sie es mich wissen lassen?

Kommen Sie einfach vorbei. Wir trinken dann ein Glas Champagner auf unser Leben.

Vielen Dank! Das ist unschätzbar viel mehr, als ich zu hoffen wagte.

Tagebuch Apollo
(Datum ist schwer lesbar)

Rossini hat durchblicken lassen, dass er mit mir nicht ungern spricht. Ein intelligenter und sympathischer Grand Seigneur, der weiß, wovon er redet!

Hat Cherub und Seraf auf seiner Seite. Muss das C&S Terrain auf der Suche nach verschiedenen Bonmots sondieren, die ich Rossini unterbreiten will, um ihn zu stimulieren.

Alles auf höchster Ebene – Kontakt zu Merkur nur persönlich!

Progression

Wer ist da?

Apollo, der Reporter…

Ach Sie! Kommen Sie rein. Wir spielen gerade Schlaraffenland. Kaffee?

Cherub - Sie und Kaffee?

Bei C&S sind wir immer nüchtern, selbst wenn das manchmal nicht so klingt. Ich mache Sie erst mal mit unseren Künstlerinnen bekannt: Signora Patti.

Apollo.

Signora Pasta.

Apollo.

Seraf- Mitinhaber von C&S.

Selbstverständlich habe ich von Ihnen gehört. Ihr Ruf eilt Ihnen voraus!

Wenn Sie Bedarf haben – wenden Sie sich bitte an mich. Lassen Sie sich nicht abwimmeln! Nur das Original zählt. Meine Beteiligung an C&S gibt der Agentur so viel Gewicht, dass ab und an Projekte bearbeitet werden können, deren Größe keiner Norm unterliegen.

Wie oft denn so?

Das kommt darauf an. Wir lassen mit uns reden.

Sie verhandeln gerade?

Aber nicht doch! Die beiden Damen sind hier, um an einer Gala für Rossini zu feilen. Seine berüchtigten Koloraturen sind in erster Linie Kopfarbeit mit Vorzeichen. Alles andere muss sich ergeben. Rossini wünscht eine minutiöse Vorbereitung.

Mit welchen Prioritäten?

Heuboden.

Aha - deshalb die Gala! Gibt das der Heuboden denn her?

Wir taxieren, dass es Überbrückungshilfen geben muss, deshalb üben wir rein prophylaktisch das nahe Schlaraffenland. Die Option hat jedoch Rossini. Er wird mit gewohnter Bestimmtheit zuvor seine Erfahrungen einbringen wollen.

Kann ich dazu kommen? Er hat mir ein Bonmot versprochen.

Wenn es eines seiner Glanzstücke ist, nehme ich es als Leitwort für unser Programmheft.

Einverstanden. Ich steige bei dem Projekt ein.

Mit welcher Quote?

Bei einer 50:50 Beteiligung an allen Rossini Projekten würde ich mir vorstellen können, die Suche nach Sponsoren zu übernehmen.

Darüber kann ich nachdenken.

Das nenne ich Berufsrisiko – aber sei es drum!

Sie können unbesorgt sein. Alle Einlagen sind bei uns durch Bürgschaften abgesichert.

Ich lasse von mir hören.

Tagebuch Apollo
Ohne Datum

Muss über das Angebot von C&S nachdenken, ohne in Euphorie zu baden! Eine Zusammenarbeit mit Cherub und Seraf könnte unter Umständen nach Protektion klingen. Andererseits ist es geradezu ein Geschenk der Götter.

Meine Investitionseinlage ist mein globales Netzwerk mit starkem Focus auf musisch-künstlerischer Profitabilität. Es ist eine hervorragende Ergänzung zu der traditionellen Kernkompetenz von C&S.

Tagebuch Apollo

s.o.

Habe den Eintrag von gestern gelesen und stimme noch immer in allen Punkten damit überein. Werde bei C&S zusagen und praktische Schritte einleiten. Als erstes Kontakt zu Merkur aufnehmen.

Tagebuch Apollo

32. Juli

Großes Durcheinander. Habe mit Rossini telefoniert. Die Probe bei C&S ist ausgefallen. Die Pasta hat Heuschnupfen. Die Patti kann nicht zwei Stimmlagen gleichzeitig singen. Rossini überlegt, weiß aber noch nicht, wann er seine Überlegungen umsetzen kann. Soll morgen noch einmal anrufen.

C&S hat wegen der Unpässlichkeit der Pasta alternativ zum Heuboden einen Apfelgarten angeboten. Merkur will dafür jedoch nicht die Schirmherrschaft übernehmen. Sagt, C&S hätte sich in der Vergangenheit stets hartnäckig bei der Verrechnung von Apfelgärten gezeigt. Fürchtet, dass höchstens ein schlicht um schlicht möglich ist, was für ihn als Wirtschaftsvordenker nicht vertretbar ist. Das Budget soll bereits mehr als genug damit belastet sein.

Merkur war insgesamt nicht gut drauf. Zerberus hat sich mit Tag und Stunde krankschreiben lassen, wo ich mit dem Minister wegen Rossini und C&S in Kontakt getreten bin. Er behauptet, ein Recht darauf zu haben, die aufgelaufenen Überstunden am Jahresende abzubummeln. Merkur hingegen verweist auf die Verträge, aus denen klar hervorgeht, dass es in seinem Ministerium kein Gewohnheitsrecht gibt.

Nachmittags mit Artemis gesprochen und ihr angeboten, in die Presseagentur einzusteigen. Sie will darüber nachdenken. Bin zuversichtlich, dass wir uns einigen werden. Haben wir bisher immer getan.

Tagebucheintrag Rossini

32. Juli nachmittags

Hin- und her telefoniert. Habe wegen der Gala Apollo gefragt, der sich mit Technik auskennt. Er empfiehlt ein Polyphon über Satellit. Funktioniert tatsächlich.

Danach mich mit Haydn beraten. Er kann sich ein dramaturgisch aufbereitetes Oratorium vorstellen.

Ich hingegen bin der Meinung, dass ein derartiges Singspiel kaum in Frage kommt, obwohl es nach Haydns Erfahrungen zurzeit auf Gesellschaften gut ankommt, was wiederum aus ökonomischer Sicht einige Beachtung verdient.

Das größte Hindernis dürfte im Vorweg eine Anzahl von Auflagen sein. Haydn gibt zu, dass er bei Vorschriften und Gesetzen nicht mehr auf dem Laufenden ist, weil er eh immer gemacht hat, was er will und damit gut gefahren ist. Beneidenswert!

Er regte an, ob ich nicht meinerseits etwas für die kulturelle Zukunft tun will.

Sein Bemühen um mich, mir die Arbeit an einer neuen Oper schmackhaft zu machen, hat mir gut getan, obwohl ich der Neuschöpfung eines Bühnenwerks unverändert skeptisch gegenüber stehe.

Mir ist der ganze Aufwand an Eigenleistungen bei der Erstellung von Plänen zur Komposition zu viel. Die Verantwortung für das Gelingen ist und bleibt bei mir. Das kann mir keine Agentur abnehmen.

Ich bin bei Haydn wie bei Apollo sehr offen mit der Problematik umgegangen. Haydn blieb bei seinem Begehren, was für mich Gewicht hat. Schließlich habe ich zugestimmt. Denke an „Tell". Wäre die Krönung meines Opernwerks.

Tagebuch Rossini
32. Juli spät abends

Kaum geplant, fängt auch schon der unliebsame Teil der Vorbereitungsarbeit an. Mit C&S gesprochen, ob ein Apfelgarten auf die Bühne gebracht werden kann.

Sie sagen, dass Merkur seine Bedenken nicht aufgegeben hat, aber problemlos guter Rollrasen besorgt werden kann. Sogar ohne Schnitt, damit unverfälschte Natur besser zum Ausdruck kommt. Wäre zudem preisgünstiger. Wie peinlich für mich, mich mit so etwas auseinander setzen zu müssen!

Der Kompromiss zum Rollrasen: einzelne Apfelbäume. Sie gibt es über C&S in verschiedenen Größen und Umfängen und können bei Merkur ohne Beanstandungen verbucht werden.

Geliefert werden sie mit Früchten, entweder unreif oder essbar. Ich brauche nur einen einzigen, nicht zu großen, aber perfekt runden oder glockigen, eher rot-grünen als grünen und wenn überhaupt zweifarbigen, dann gelb-roten, dazu bissfesten Apfel, den allerdings am Ast eines Baumes, nicht zu hoch über dem Boden, aber hoch genug, dass die Wirkung wie bei einer Baumkrone ist.

C&S ist unnachgiebig bei den Modalitäten. Wenn der von mir erkorene Apfel bereits am Baum gereift ist, werden alle Bäume bis auf eben den einen Apfel abgeerntet.

Um der Genauigkeit meiner Vorgaben Genüge leisten zu können, müssten sie zudem Fachpersonal beschäftigen, was die Kalkulation für das Projekt strapazieren würde.

Ich habe mich nun für mittelgroße Bäume von schlankem Wuchs und ohne Früchte durchgerungen. Getrennt davon können wir einen einzelnen Apfel aus dem Angebot nehmen, der das Geschick lenken wird. Soll dafür neuen Vertrag unterschreiben.

Ein ungelöstes Problem für mich, wovon ich noch nichts habe verlautbaren lassen: Kann der Apfel auf dem Kopf eines Knaben liegen? Die Konstellation scheint gewagt. Der Vertrag könnte in Frage gestellt werden, zumal C&S von sich aus eine Art Torwand vorschlägt.

C&S will derweil mit diversen Behörden wegen einer zentral gelegenen, großen Bühne telefonieren. Muss wegen der Instrumentierung im alpinen Gelände und den damit verbundenen Akustikfragen engen Kontakt mit Apollo halten.

Prosit!

Maestro, Sie waren so liebenswürdig, ein Bonmot für unsere Leser kreieren zu wollen.

Schön, dass Sie da sind! Eine Kleinigkeit zu essen? Ich habe ein nettes Bistro gleich um die Ecke bei mir.

Danke! Erst die Arbeit. Sie kommen gerade von einem Symposium bei Minister Merkur. Es ist durchgesickert, dass nur geladene Gäste anwesend waren.

Stimmt. Jeder von uns hat etwas mitgebracht.

Darf ich wissen, was Sie komponiert haben?

Ein Geheimnis!

Hat es mit der Rossini Gala zu tun?

Das wäre schon möglich.

Genaueres sind Sie nicht bereit zu sagen?

Wissen Sie, ich trüffele mich nicht den ganzen lieben langen Tag für die von

Ihnen gepriesene Öffentlichkeit durch obskure Zufälle, die mir auf meinen luftigen Gedankenspaziergängen begegnen könnten. Ich überlege vielmehr, was ich neben der Gala noch schaffen kann, ohne von anderen lieben Gewohnheiten lassen zu müssen.

Sie haben zu wenig Muße?

Ich würde eher meinen, dass die Muße mich zu wenig hat!

Sind Sie damit einverstanden, wenn ich das unseren Lesern zur Kenntnis bringe?

Erst, wenn alle Projekte das Publikum erreicht haben.

Maestro, wir warten mit Ungeduld auf diesen Zeitpunkt, zumal Sie gerade den Plural bemüht haben. Gehe ich richtig in der Annahme, dass Sie außer der Gala weitere Überraschungen für uns parat haben?

Ich denke an eine Messe und eine Oper.

Wie aufregend! Sie beglücken uns!

Cherub und Seraf wissen Näheres. Ich habe volles Vertrauen in ihr Know-how.

Das können Sie. C&S sind Marktführer. Meine Wenigkeit liefert lediglich den Heuboden.

Was Sie nicht sagen! Wie hoch?

Es liegt mir nicht, meine Aktivitäten groß an die Glocke zu hängen, aber Sie müssen wissen, dass Sie es mit einem starken Partner von C&S zu tun haben. Einen Barg haben wir immer im Angebot.

Dann – avanti amici!

Tagebucheintrag 2 Apollo

Die Terminengpässe bei Merkur und der Ministerin für Gesundheit und Soziales haben zu einem neuen Engpass geführt. Die Heuernte hat begonnen. Alle Böden werden gebraucht. Cherub ist ungehalten. Sieht nicht den unmittelbaren Zusammenhang mit dem Apfelgarten.

Die Oper ist noch nicht über eine umfangreiche Ouvertüre hinaus. Rossini meint, wir können uns an ihr orientieren. Vielleicht komponiert er vor den dann folgenden Akten noch eine Messe. Seraf hat ihn auf die Idee gebracht. Mir passt das nicht ganz. Merkur muss für die Gala und die Oper bei Laune gehalten werden, was durch Nachgeben künstlerischer Impulse schwer zu schaffen ist.

Später.

Muss Rossini auf Regie ansprechen. Habe gehört, dass Ben-Hur sich gerade neu organisiert, nachdem er seinen Stall vor kurzem verkauft hat. Will jetzt Vorträge über Rennen halten, die im Mittel weniger schadstoffkontaminiert sind als vorher, so dass sie für die breite Bevölkerung als Zugewinn betrachtet werden können und deshalb für potentielle Sponsoren interessant sind.

Habe deswegen mit Artemis telefoniert. Ist begeistert über eine sozialpolitische Komponente. Kann sich vorstellen, unter den besonderen Umständen Mittel von Ambrosius & Co. als Hauptsponsor einwerben zu können.

Lebkuchen und andere Herzen

Sag mal, göttliche Kollegin, tauschst Du noch immer mit Ambrosius Lebkuchenherzen?

Das geht Dich nichts an.

Fahr doch nicht gleich Deine Krallen aus! Ich will nur wissen, ob Euer Kontakt noch so gut ist, wie vorher.

Wann?

Bevor Du Dich für Waffeln erwärmen konntest.

Das hatte nichts mit Ambrosius zu tun.

Er ist also nach wie vor auf Deiner Aktiva Seite?

Davon verstehst Du sowieso nichts.

Deswegen möchte ich ja, dass Du mit ihm sprichst. Wir müssen sehen, dass wir ihn als Hauptsponsor gewinnen.

Kann ich – ohne Erfolgsgarantie!

Das ist fast zu viel Deiner Güte.

Übernimm Dich nicht!

Ich widme Dir ein Poem.

Es wäre nützlicher, wenn Du mir den Grund für Deine Drängelei nennst.

Ich habe Erkenntnisse!

Seit wann?

Seit ich mit Ben-Hur gesprochen habe. Er hat emissionsfreie Rennen im Programm.

Läuft er etwa selber?

Sei doch mal einen Moment bei der Sache!

Es ist nur eine Frage der Zeit, wann ich es mehr bin als mit Dir am Telefon.

Dafür musst Du eben mit Ambrosius sprechen.

Dafür muss ich Ben-Hur sehen!

Gut, dann musst Du eben Ben-Hur sprechen und Ambrosius sehen.

Das ließe sich wohl einrichten. Kann Aeskulap die Termine machen? Das wäre eine große Hilfe.

Wann?

So schnell wie möglich.

Dann mache ich sie besser selber.

Du meinst, das Vorzimmer ist ein permanenter Notdienst?

Wenn man Dich ansieht, dürfte darüber kein Zweifel bestehen! Heute schon mal gelächelt?

Mehrfach!

Grüß Aeskulap. Ich komme nachher vorbei und bringe Kuchen mit.

Tagebuch Artemis

Jetzt wird's bunt! Apollo will, dass ich für ihn Tagebuch schreibe! Er sagt, wenn ich das nicht kann, habe ich in der Verwaltung weder jetzt noch in Zukunft etwas zu suchen. Ich finde sein Argument ziemlich fadenscheinig, war aber zu perplex, um ihm etwas entgegen zu setzen. Ärger!!

Er will mit Archimedes Kontakt aufnehmen, ob er zu uns in den Vorstand kommt und den Zuständigkeitsbereich Rechnungswesen und ungestörter Zahlungsverkehr übernimmt. Ritter Roland will er ebenfalls ansprechen. Wir brauchen einen Repräsentanten unseres Vertrauens, der Kontakt zu den Sponsoren hält.

Nächste Seite.

PS: Apollo hat sich meinen Eintrag zeigen lassen und gemeckert, dass ich ihn nicht mit Datum versehen habe. Ich habe gekontert, dass seine eigenen Aufzeichnungen auch kein Datum tragen, was er zugab.

Er meint, das Tagebuch muss nur ungefähr stimmen. Es wäre kein Protokoll mit Gegenzeichnung. Dem kann ich nur zustimmen.

Ritter Roland

Exzellenz, Ihre Auslandsmissionen haben Ihnen zu einem besonderen Ruf verholfen. Sie gelten, wenn ich so sagen darf, als rasend. Können Sie sich vorstellen, die Agentur Apollo & Artemis davon guthaben zu lassen?

In der heutigen Zeit muss man bei aller Besonnenheit entscheidungsfreudig sein und das auch spüren lassen. Zaudern führt meistens zu Agonie. Da ich Ihre Familie kenne und schätze, nehme ich an, dass Apollo & Artemis das Wohlwollen einiger einflussreicher Verwandter genießt. Teile meines von Ihnen angesprochenen Rufes sind demnach in besten Händen!

Ich will nicht verhehlen, dass Minister Merkur...

Mein verehrter Freund, der mir zu mannigfaltigen Betätigungsbereichen von gehobener Wichtigkeit verholfen hat!

Wie schön, das zu hören! Apollo & Artemis ist eine Agentur für überregionale Kulturaktivitäten. Mir scheint, unsere Gründe wie Hintergründe sind so weit deckungsgleich, dass eine Zusammenarbeit in denkbare Nähe rückt. Wäre es für Sie vorstellbar, in unseren Vorstand zu kommen und dort den Zuständigkeitsbereich Arbeit und Soziales zu leiten?

Ich habe beinahe überall hin Kontakte.

Eine PPP?

So kann man das nennen. Ein Gesellschaftskonsens…

Bei dem der eine Teil vor dem anderen geschützt wird?

Bei dem eine Teilhabe am Teil der Teilhabe des anderen geschützt wird.

Ausgezeichnet! Wir beabsichtigen nämlich Archimedes damit zu betrauen.

Ich verstehe – der psychologische Effekt…

Wenn es Ihnen nichts ausmacht…

Aber nein! Ich bin gerüstet!

Darf ich bei der Kontaktaufnahme mit Archimedes auf Ihre Tätigkeit bei Apollo & Artemis hinweisen?

Es würde wenig Sinn machen, ihm zu verheimlichen, dass wir mehr gemeinsam haben als das Interesse an schwierigen Konstrukten. Unsere letzte Begegnung war von so hohem Symbolwert, dass sie seither in allen Schulen gelehrt wird.

Wohl wahr!

Wie verbleiben wir?

Ich schicke Ihnen als nächstes ein Chart zu unseren Agenturtätigkeiten. Übrigens ist das von uns derzeit betreute Projekt eine Welturaufführung von Rossini.

Genau der richtige Partner!

Sie sagen es! Wir hoffen deshalb, Ambrosius & Co als Hauptsponsor zu gewinnen.

Eine kluge Hoffnung, die nicht aufgegeben werden darf!

Ich teile Ihre Meinung, ohne sie mindern zu wollen.

Inoffiziell.

Ich würde meinen, dass wir alles Weitere in einem Vertrag festhalten.

Damit könnte ich mich anfreunden.

Tagebuch Artemis für Apollo

Apollo will spontan einen Schüttelreim an Ritter Roland schicken, um sich auf seine Weise für dessen Entgegenkommen zu bedanken, hält das jedoch für missverständlich, weswegen er stattdessen schüttelgereimte Kommentare für leicht erkennbare Adressaten ins Netz stellt, in denen er unter meinem Namen auftritt, was ihm wegen auffälliger Einseitigkeit bald zu langweilig wird.

Er muss ja nicht wissen, dass ich unter seinem Namen an anderer Stelle mit Eigenbeiträgen nachgeholfen habe. Sie haben genützt. Ritter Roland und Archimedes werden bei der Bilanzierung nichts zu beanstanden haben.

Tagebuch Ben-Hur

Artemis hat angerufen. Sie hat eine Agentur zusammen mit ihrem Bruderherz. Immer noch der alte Familienklüngel. Ist aber nicht zu meinem Schaden.

Artemis kann sich eine Veranstaltung mit mir vorstellen. Hält sich bedeckt, ob Apollo aktiv dabei ist oder nur im Hintergrund. Er scheint inzwischen global gut vernetzt. War nie Theoretiker.

Sagte Artemis, dass ein Altherrenrennen nicht in Frage kommt, aber Veranstaltung in einem gepflegten Hippodrom mit Möglichkeit für attraktiven Anschauungsunterricht unter Einbeziehung des Publikums. Am besten überdacht.

Honorar wurde auch angesprochen. Soll sich im Rahmen des Üblichen bewegen. Ist davon abhängig, wie hoch der Spender Ambrosius & Co. einsteigt.

Artemis fürchtet, dass zur Bedingung gemacht wird, die Veranstaltung ins schöne Rebland zu legen. Habe signalisiert, dass ich kein Problem sehe.

Treffe mich mit Artemis zum kleinen Dinner. Alles ganz leger.

Info

Also Bruderherz, ich habe mit Ben-Hur gesprochen. Wir sind verabredet.

Ich denke, Du willst Dich um eine Alternativ Location bemühen.

Mach ich doch.

Mit Ben-Hur?

Hast Du was dagegen?

Zumindest weicht Deine Herangehensweise an Aufgabenstellungen in einem Punkt von meiner ab…

Bist Du sicher? Was diskutieren wir hier eigentlich – meine Organisationsfähigkeit oder meine Schwesterntreue?

Reg Dich ab! War nicht so gemeint. Viel Spaß – und grüß ihn.

Rossini an Apollo

Mein lieber Freund!

Sie wissen, ich telefoniere nicht gerne, und was mich bewegt, bringe ich zu Papier. Ich erspare Ihnen den Satz Noten, obwohl es mir schwer fällt!

Sie haben mir vorenthalten, dass Ihre attraktive Schwester in der Stadt weilt! So habe ich schon wochenlang auf sie verzichten müssen, was selbst im Nachherein noch schmerzt.

Gestern Abend habe ich Artemis zufällig in einem kleinen, intimen Restaurant entdeckt. Man kann sie gar nicht verfehlen! Alles an ihr ist unverwechselbar.

Sehr zu meinem Leidwesen war sie in Begleitung. Ich habe aus der Situation für mich das Beste gemacht und mich zu ihr an den Tisch begeben.

Wie sich herausstellte, war ihr Begleiter Ben-Hur, der sich ein wenig schwer tat, in die Konversation eine heitere Stimmung zu bringen. So bin ich eingesprungen und habe beide eingeladen.

Danach ging alles sehr schnell. Ich kann die Begegnung nicht in aller Ausführlichkeit beschreiben. Wir sollten uns in Kürze treffen.

Wir brauchen den Apfelgarten nicht. Es wird ein Hippodrom geben. Ben-Hur übernimmt die Hauptrolle im Rezitativ. Die Arien können aus dem Off kommen. Ein großer Schlusschor wird die Geschichte zusammenfassen. Da sind dann alle dabei.

Nein, sagen Sie nicht, dass Artemis geschludert hat. Der Gesprächsfluss hat es so ergeben. Alles höchste Geheimhaltungsstufe. Wir haben uns darauf die Hand gegeben. Stufe für Stufe. Ben-Hur hat sie zusammengehalten. Ein Feiertagsredner ist ein Chorknabe verglichen mit ihm, so gut versteht er sich darauf!

Danach haben wir in gegenseitigem Respekt und unangefochtener Übereinstimmung einen ausgelassenen Abend verlebt. Schade, dass wir auf Sie verzichten mussten!

Bitte kommen Sie in den nächsten Tagen mit Artemis zu mir. Wir müssen über ein neues Projekt sprechen. Meine Messe ist fertig.

Lassen Sie mich schon auf diesem Wege meinen Dank übermitteln – wir sehen uns!

Ihr

Gioachino Rossini.

Tagebucheintrag 3 Apollo

Verrückte Idee von Rossini! Noch immer der alte Sponti und Artemis mitten drin!

Habe mit Cherub gesprochen. Ihm den betreffenden Passus aus Rossinis Brief vorgelesen. Hat sofort reagiert, obwohl Rossini sich etwas nebulös ausgedrückt hat.

Die Apfelbäume kommen nicht als Apfelgarten, sondern als Sammlung einzelner, erlesener Bäume von allen vorhandenen Größen ins Hippodrom, um mit Merkurs Bestimmungen zu harmonieren. Einen Bühnenapfel gibt es sogar gratis.

Auf Bitte von Rossini habe ich mit Seraf wegen der Messe gesprochen. Artemis wird mit der Zeremonie bei der Generalprobe betraut.

A & A wächst

Was hat Rossini mit der Messe vor? Hier – lies mal seinen Brief.

Danke! Weiß ich aber auch so. Du meinst die Zeremonie?

In welcher Funktion trittst Du dabei auf?

Als Füllhorn.

Verstehe – also eine große Feier. Komme ich darin auch vor?

Unter Umständen.

Dein Plan muss vom Leiter Rechnungswesen und störungsfreier Zahlungsverkehr abgezeichnet werden.

Hast Du Archimedes denn überhaupt schon angerufen?

Mache ich sofort.

Zieh Dich erst mal anständig an und rasier Dich. So kann man doch kein Telefonat mit Archimedes führen!

Deine unermüdliche Aufmerksamkeit ehrt mich!

Denk daran, der Trockenrasierer ist nicht stark genug für Deinen Bartwuchs!

Warst Du dabei?

Werd' nicht albern!

Der Kreis der Kreise

Hier Presseagentur Apollo & Artemis. Herr Archimedes, wie darf ich Sie anreden?

Am besten gar nicht.

Ich verstehe - bei Ihrem Berühmtheitsgrad neigt die Öffentlichkeit zur Vereinnahmung per ‚Du'.

Sehen Sie, ich habe versucht, mich aus diesem Teufelskreis zu befreien.

Darauf habe ich mich eingestimmt.

Ich habe es über die ganze Straße von Messina gebrüllt. Genützt hat es nichts.

Ich denke, Ihre Einschätzung ist bei weitem zu pessimistisch. Als Musiker habe ich ein besonderes Ohr dafür, ob der Ton gut ist.

Es würde mich schon interessieren, wie ich bei Ihnen angekommen bin. Könnten Sie mir eine Kostprobe geben?

Ich komme gerne darauf zurück, wenn ich mit meiner Agentur Rücksprache genommen habe.

Wir bedienen uns einiger Hör- und Anschauungsskizzen für Kopf und Gefühl. Damit werben wir Vertrauen für unsere Hochtechnologie im gesamten Kulturbereich ein.

Sie arbeiten also nicht mit Kreisen?

Oh doch! Ritter Roland zählt dazu. Er betreut als Vorstandsmitglied von A&A die Einwerbung von Sponsorengeldern im Zusammenspiel mit dem Bereich Arbeit und Soziales.

Interessant!

Das Interessanteste kommt noch. Es gibt ein Sielsystem, das ganz von selbst Unbrauchbares und Schädliches entsorgt. Unsere Agentur A&A wird die erste sein, die davon Gebrauch macht, wenn ein Funktionsplan vorliegt, den wir gerne von Ihnen erstellt haben möchten.

Haben Sie bereits die Formel?

1 plus 1.

Fantastisch.

A&A möchte Sie bitten, uns im Vorstand als Leiter des Rechnungswesens und störungsfreien Zahlungsverkehrs zu beraten.

Dem steht nichts im Wege.

Wie schön! Dann darf ich Sie bitten, schon jetzt Ihr Einverständnis für eine Generalprobe mit Rossini zu geben.

Ich wünschte, er hätte früher auf mich gehört. Seine Koloraturen haben manchen in den Ruin getrieben!

Um das in Zukunft zu verhindern, sind wir in unserer Agentur da! Es handelt sich um eine Messe. Er selber nennt sie „Kleine Messe". Ihre Befürchtungen dürften insofern ins Leere gehen.

Originell war Rossini immer.

Genau! Das macht die Arbeit nicht einfach. Wir brauchen eine minutiös geplante Generalprobe.

Wer bezahlt den Aufwand?

Rossini. Das ist Teil seines Investments in das Projekt.

Finanztechnisch unter A&A?

So ist es. Alles andere wird unter Mitwirkung von Artemis und mir als ihrem Compagnon unter dem Dach von Cherubs und Serafs Agentur C&S organisiert. Wir müssen eine neue Kostenstelle dafür einrichten.

Der Betreff ist?

„Füllhorn" und „Herr Poppinga".

Ich notiere mir das. Bitte lassen Sie mir weitere Informationen zukommen, wenn Sie so weit sind.

Sehr gerne! Ich gebe es an unsere Sammelstelle weiter.

Wie bitte?

Entschuldigung! Nur ein kleiner Scherz. Ich meine unser Sekretariat.

So, so.

Sie sagen es.

Die neue Kostenstelle

Herr Poppinga – ist dort das Füllhorn?

Wer?

Du hast richtig gehört: Herr Poppinga.

Ich wusste gar nicht, dass Du genauso verrückt sein kannst wie ich!

Was für ein großartiger Moment! Lass uns ihn gemeinsam nutzen!

Generalprobe

Zu der Zeremonie, die Rossinis Messe umrahmt, sind alle gekommen, denen Rang und Namen bereits zu eigen ist wie auch mehrheitlich jene, denen eine Anwartschaft auf der entsprechenden Liste nicht mehr genommen werden kann. Sogar Lohengrin hat sich in Gala-Rüstzeug geworfen.

Seiner Haltung nach steht zu vermuten, dass er geneigt ist, das Protokoll unnötigerweise zu verteidigen, als Herr Poppinga, selber im vollen Ornat, Lohengrins Ambitionen nicht mehr übersehen kann, und sich anschickt zu handeln.

Nur das Füllhorn als Organisatorin kann Herr Poppinga davon abbringen, mit bester Absicht in den Ablauf einzugreifen, dessen sich Lohengrin schon bemächtigt hat und dafür mit Glanz überschüttet wird.

Ihm wird in Aussicht gestellt, zu Lebzeiten ähnliche Ehrungen zu erlangen wie Rossini und wird folgerichtig als Ehrenwache verpflichtet, was Herr Poppinga nicht gut heißen kann und will.

Er entfernt sich vom Ort des Geschehens und geht an anderer Stelle in die Offensive, indem er sich als erster an dem zur Feier des Tages reich gedeckten Tisch in Positur bringt, wo er ohne zu zögern anfängt, den geschnitzten Rettich neu zu platzieren und die Radieschen geschickt darum zu verteilen.

„Ich würde das nicht tun", lässt sich der Meisterschnitzer vernehmen, als sich Herr Poppinga zu dessen Überraschung mit einem Taschenmesser an einer Knospe zu schaffen macht.

„Herr Poppinga, Mitinhaber von A&A und ‚Kostenstelle Generalprobe Rossini-Messe'", wehrt Herr Poppinga den leisen Vorwurf des Meisters ab.

„Es sind noch Trockenfrüchte da", ermuntert er Herr Poppinga, sich an Nüssen, Rosinen und Feigen zu versuchen. „Ich lege nach, wenn nötig."

Herr Poppinga ist inzwischen der Anblick des von ihm neu gestalteten Buffets selber nicht mehr ganz geheuer. Er greift sich zur Beruhigung eine Feige und schiebt sie sich in eine Backentasche, wo sie zum Einweichen verbleibt, bis Artemis ihren Auftritt hat.

Die Situation ist gerettet. Die Öffentlichkeit kann kommen. Allen voran: die Götterelite auf Erden. Herr Poppinga stellt sich zu ihr und lächelt voller Innigkeit. Es ist ein Moment seltenen Genusses, bis sich das Füllhorn zu ihm gesellt und darauf besteht, an dem Erfolg partizipieren zu dürfen.

„Herr Poppinga", lächelt sie ihn an, „machen wir nach der Oper weiter?"

„Das ist nicht abwegig", lächelt Herr Poppinga zurück, wobei nach und nach die Innigkeit einer innigen Geschäftstüchtigkeit weicht.

„Irgendetwas Zeremonielles von Dauerhaftigkeit würde uns gut anstehen, etwas von kreativer Öffentlichkeit, etwas, was trotz Wiederkehr jedes Mal neu ist. Du könntest mal darüber nachdenken, wenn Du nichts anderes zu tun hast."

Die Drähte laufen heiß

Apollo, Presseagentur A & A, was kann ich für Sie tun?

Hier Cherub. Apollo?

So ist es.

Wie sprechen Sie überhaupt – Ihre Stimme ist einige Oktaven höher…

Höher als sonst!?

Mit Verlaub - genau genommen klingt es besoffen.

Gestern war die Generalprobe für Rossinis Messe.

Haben Sie an das Bonmot gedacht?

An beinah nichts anderes.

Und?

Kann ich erst nach der Oper und der Gala sagen.

Sie wissen, was Sie reden?

Ich habe es Rossini versprochen.

Wenn Sie nicht so verkatert wären, würde ich geneigt sein, Ihnen Ihre Haltung übel zu nehmen. Soll ich morgen wieder anrufen?

Was meinen Sie, warum ich mich heute in die Agentur gequält habe?

Weil da die Stimmung besser ist.

Wie Recht Sie bis eben hatten! Also, was macht die Oper?

Ich habe unseren Scout auf der anderen Leitung. Er ist gerade beim Apfelbauern. Braucht sofort die Zahl der Bäume. Sie fangen an auszugraben.

Die Zusage aus dem Rebland steht, aber die Oper ist noch nicht fertig! Können wir die Bäume zwischenlagern?

Sagen Sie Rossini beim nächsten Besuch, er soll sich beeilen, dann kommen wir ohne Extras aus.

Er arbeitet schon wieder wie besessen, nachdem er die Messe fertig komponiert hat. Mehr geht nicht. Im Zeitplan steht jetzt eine würdige Jury im Mittelpunkt.

Wie viele Bäume?

Das Hippodrom soll ungefähr…Rufen Sie mal im Colosseum an…Warten Sie, ich gebe Ihnen die Vorwahl von Rom …die Arena erst mal ohne Tribünen.

Die kann ich später nachliefern. Kein Problem. Etwas Bergland sollte schon sein. Wir können das ganz stilecht mit Gipfeln und Almhütten aus Pappmaché liefern.

Gut, dann machen Sie mal den Rundruf.

Ich melde mich, wenn ich die Zahlen aus Rom habe.

Sie müssen nach dem Leiter des Rechnungswesens fragen. Wenn ich mich recht erinnere, sind Sie doch bilingual erzogen. Das dürfte bei Behördenwegen in Rom hilfreich sein.

Ihre Hinweise in allen Ehren – danke. Die Daten stimmen. Gibt es sonst noch was Wissenswertes?

Nicht, dass ich wüsste.

Dann muss ich wohl woanders fragen.

Wo sind sie geblieben?

Artemis und Apollo haben sich nach den positiven Erfahrungen mit projektbezogenen Kostenstellen aus Gründen der gegenseitigen Zeitanpassung und nach Maßgabe ihrer jeweiligen Privat- und Berufssphäre innerhalb von A&A umgegründet.

Artemis ist hauptberuflich Managerin. Ihr selbst gesteckter Rahmen: Sie tritt bei Events weiter als Füllhorn auf.

Apollo wiederum hat sich auf Arrangements von Gegenwartskunst verlegt und agiert unverändert erfolgreich als „Herr Poppinga" im öffentlichen Raum, wovon Artemis als Füllhorn nicht unbeträchtlich profitiert.

Sie sieht sich dadurch in die Lage versetzt, Mittel freizumachen, die dem öffentlichen Raum unter der Regie von Herr Poppinga zu Gute kommen.

Gelegentlich treffen sich die beiden, um zu überprüfen, ob das ambitionierte Vorhaben, bei den Zielgruppen darauf zu achten, dass weder unter Zeit- noch Berufsstress noch auf leeren Magen befragt wird und keinerlei, wie auch immer geartetes Vorwissen über Füllhörner und/oder Poppingas weder als Herr noch Frau Poppinga vorhanden ist, aufschlussreichere Erkenntnisse liefert als vordem.

Der Weg dahin ist schwierig und bietet allen Beteiligten Überraschungen mit Geschäftsideen, die es so noch nie gab.

SBW über alle Sender

Wie wir soeben erfahren, hat Artemis beim Kostümwechsel aus Versehen das Füllhorn fallen lassen. Es soll sich dem oberen Bereich des südlichen Pols mit ergiebigen Eruptionen nähern, die den unteren Bereich des nördlichen Pols betreffen können. Die Touristikunternehmen sind informiert. Sie können über A&A last minute tickets für eine Besichtigung des Füllhorn-Landeplatzes buchen. Näheres: fff-füllhorn-ge.

Eilmeldung SBW über alle Sender

Die soeben von uns über alle SBW Sender verbreitete Meldung betreffend eruptiver Bewegungen des inaktiven Füllhorns von Artemis im Einzugsbereich konzentrischer Kreise ist falsch.

Es handelt sich vielmehr um ein Ereignis höherer Gewalt ohne nähere Bestimmung. Dennoch erklärt sich A&A

bereit, inzwischen gebuchte und bezahlte last minute tickets für eine spätere Landung in open date tickets umzuwandeln.

Für Informationen und Weiterleitung wenden Sie sich bitte an Aeskulap, Büro A&A.

Kassandra – ja oder nein?

Hier A&A, Apollo. Cherub? Gut dass Sie anrufen! Sind wir im Plan?

Das frage ich Sie! Ihr Nebengeschäft scheint ja größer als das Hauptprojekt. Ich will nicht von Vertragsbruch reden, aber eine derartige PR außerhalb der Rossini Aktivitäten kann ich nicht durchweg gut heißen!

Sie können beruhigt sein - wir pausieren. Artemis ist bei der Pediküre. Sie hat das Füllhorn verloren, als sie mit dem Fuß aufstampfte, um wieder für die Oper in Form zu kommen.

Mit anderen Worten, sie ist bei Rossini.

Ich wüsste nicht, dass er heute empfängt.

Das hört man doch bis hier…

Was hören Sie?

Ben-Hur und Artemis sprechen vor. Mit anderen Worten, Ben-Hur spricht vor und Artemis…

Richtig! So langsam können Sie anfangen. Eine Tribüne an der Stirnseite mit Blick auf die Torwand.

Vom Eingang aus gesehen?

Das müssen wir vor Ort probieren.

Mir fällt noch ein - diese Kassandra bei Minister Merkur…

Ja ich weiß, die Leiterin der Kanzlei.

Sie sind mal wieder schlauer als ich.

Damit müssen Sie sich abfinden, so leid es mir tut.

Trotzdem - ist die nicht was für die Opernjury?

Ich werde mal eine Nacht drüber schlafen.

Versuchen Sie es!

A & A intern

War Cherub sauer?

Wir haben uns geeinigt. Mehr musst Du nicht wissen. Habt Ihr heute noch Proben?

Ne, das Kostüm für Hurri ist noch nicht da.

Für wen?

Hurri – er ist sooo süß…

Muss er dafür schon das Kostüm haben? Nenn' ihn bloß nicht ‚Hurri' in der Öffentlichkeit!

Wenn Du darauf bestehst!

Das tue ich! Und zwar mit Nachdruck! Wir sind eine seröse Agentur. Die Mitinhaberin hat den Star nicht mit Kosenamen zu betiteln.

Er sagt, er ist kein Star.

Was denn?

Mein Wagenlenker. Ich bin dabei, eine Vorabinformation für die Medien auszuarbeiten.

Über Deinen Wagenlenker?

Quatsch!

Lass mal sehen!

Hier:

„Rossini hat eine neue Oper geschrieben! Ein Meisterwerk aus Meisterhand. Er hat ein opulentes Bühnenbild für das eigens dafür erbaute Rebland-Hippodrom geschaffen und sich mit einer Premiere von ungeahnter Größenordnung selber überrascht. Eine bedeutende Rolle spielt dabei Kassandra, Leiterin der Kanzlei…"

Kannst Du mich nicht mal vorher fragen, bevor Du so einen Unfug schreibst?

Wieso?

Das stimmt nicht.

Was stimmt nicht?

Kassandra stoppt nicht die Zeit.

Wer denn?

Die Justizministerin.

Warum sagt mir das keiner? Das ist ein absoluter Knüller! Justitia mit oder ohne Augenbinde?

Ohne. Ausnahmsweise. Die Binde legt sie erst zur anschließenden Siegerehrung an.

Und was ist mit Kassandra? Geht sie stattdessen in den Soufflierkasten?

Haben wir auch dran gedacht. Rossini meinte aber, ihre Aussprache ist nicht deutlich genug. Sie kann nicht anders, sagt sie. Außerdem hat sie noch nie souffliert. Cherub hat beschlossen, dass ich souffliere.

Das kriege ich alles so nebenbei serviert?

Ich habe zu Deiner Entlastung selber eine Vorlage für die Medien verfasst, als

Du Dein Tagebuch in meinem Namen geschrieben hast.

„Hier spricht Tell

Höhepunkt der neuen Oper von Rossini sind die Kunstgriffe der gegenwartsbezogenen Regie, die sich fast unmerklich in das musikalische Gefüge einbetten:

Der Knabe, der die dramaturgische Mutprobe gemäß einer historisch bewiesenen Begebenheit in der deutschsprachigen Schweiz bestehen muss, ist kein Knabe, sondern ein bühnen- und berufserfahrener Jockey.

Tell legt den historisch relevanten Apfel auf den Kopf des vermeintlichen Knaben und leitet die atemberaubende Szene ein, in der er mit martialischer Geste seinen Bogen spannt und einen Pfeil aus dem Köcher zieht, worauf etwas Unglaubliches geschieht.

Der knabenhafte Jockey tritt beherzt vor die Torwand, bevor Altmeister Ben-Hur im Kostüm von Tell schießen kann und verfüttert den Apfel an dessen Pferd (großrahmiges Vollblut), wobei er die Eidesformel spricht: „Man gebe ihm zu saufen".

Gesehen: Minister Merkur (Wirtschaft und Finanzen, sprach Grußwort für den umständehalber verhinderten Minister für Verteidigung und Sport), die Justizministerin als Zeitnehmerin, Archimedes (Consulent), Ritter Roland (Planungsbüro), Apollo und Artemis von A&A sowie Cherub und Seraf von C&S.

Die Premierenfeier fand in den Kulissen statt und dauerte bei bester Stimmung und Spontanzugaben der Künstler bis in die frühen Morgenstunden des nächsten Tages."

Du hast geklaut! Das ist mein Text!

Ist das alles, was Du zu beanstanden hast?

Ich bin offen für Erklärungen.

Wenn das man genug ist.

Was fehlt Dir?

Das weiß man nie, bis zum Moment, wenn man es liest, aber Standbilder von den Proben sind manchmal als Substitut ganz willkommen.

Beim Vorsprechen?

Als Portrait ist das denkbar. Ein paar Eindrücke vom Rennen würden sich auch gut machen. Sieh mal zu, wie nah Du rankommst.

Druckfrische Pressemeldung:

Rossinis Neue

Gestern kam es im Rebland-Hippodrom vor geladenen Gästen zur Uraufführung von Rossinis „Tell". Die künstlerische Gestaltung durch den Komponisten und Regisseur, die Mitwirkenden, insbesondere auch Chor und Orchester und einem unbekannten Knaben, in perfektem Zusammenspiel mit Ben-Hur, Artemis und der Ministerin für Justiz vor dem Hintergrund des einzigartigen Bühnenbildes aus Tor- und Eigerwand im Schiefertafelverfahren sowie einer Rennbahn zwischen Spalierobstbäumen (Apfel) ergaben ein multiplexes Vexierbild der Geschichte, das seinesgleichen sucht – und nicht finden wird.

Zufriedenheit

Etwas Epochales war geschehen, was die Kulturwelt mehr bewegte, als die Beteiligten zu hoffen gewagt hatten: alle waren mit sich zufrieden.

Cherub und Seraf sowieso, Artemis und Apollo ebenso, Rossini mit Anstand und Opulenz. Er stoppt daraufhin die Gala, weil er der Meinung ist, dass kaum noch etwas besser inszeniert werden kann als es schon von den Agenturen C&S sowie A&A erarbeitet worden ist.

Insgeheim hoffen alle, dass es sich bei der unerwarteten Selbstbeschränkung Rossinis um ein normales Verlangen nach ruhigem Hochdruck handelt, der am besten mit weiteren Aktivitäten im Gleichgewicht gehalten wird, was Artemis für sich praktisch umsetzt, ohne auf Rossinis weitere Reaktionen zu warten.

Sie erweitert ihre Spanischkenntnisse, um künftig als Füllhorn bei Vernissagen im Lateinamerikanischen Raum eine bedeutende Rolle spielen zu können.

Herr Poppinga sieht das nicht ungern und bietet ihr an, den öffentlichen Raum dafür nutzen zu können. Für sich selber hat er den Stier reserviert, ein Begehren, das sich bereits bei ersten Recherchen als vorläufig untragbar erweist. Die Marke „Liebling Stier" gibt es bereits.

Artemis sieht in alledem keinen Widerspruch zu sich als Füllhorn und gründet das Internetforum „Füllhorn Plattform", worauf Apollo als Herr Poppinga in das Geschäft als Kooperationspartner einsteigt und zusammen mit dem Füllhorn auf ggg.plattform.ka „Füllhorn Plattform"-Nutzern mit bekannter Gründlichkeit das funktionale Erlebnis alltäglicher Köstlichkeiten näher bringt.

Die Götter auf Sendung
ggg.plattform.ka

ggg.plattform.ka

Gut gehört, ist halb geschwant.

Willkommen auf Ihrer „Füllhorn Plattform" ggg.plattform.ka!

Wir begrüßen Sie mit unserem Motto: „Gut gehört, ist halb geschwant". Von heute an werden wir jeden Tag unter dem genannten Titel auf Ultraschall zu erreichen sein.

Im Kuriositätenkabinett neben mir: Herr Poppinga, der durch die Sendungen führt und allein oder im Gespräch mit mir Themen erörtert, die Sie bisher vielleicht nur angedacht haben und hernach ganz nach Vermögen selber an- und aussprechen können.

Herr Poppinga, gibt es noch etwas, was Sie als besondere Attraktion zu bieten haben?

Ich meine, wir können mit Recht stolz darauf sein, unserem Publikum ein intelligentes Programm zu bieten, bei dem alle in den Genuss von mindestens drei Sinnesorganen kommen.

Können Sie das erläutern?

Das Motto „Gut gehört, ist halb geschwant" ist bereits sensuell so gut gewählt, dass es beinahe jeden vorstellbaren Lebensbereich anspricht, weswegen ich das „Jubilate" von Mozart als Untermalung von „Gut gehört, ist halb geschwant" in Erwägung gezogen habe.

Ist das alles?

Wir haben uns in der Redaktion intensiv Gedanken gemacht, ob und wie weit das Vorstellungsvermögen eines Menschen zu einer Tageszeit strapaziert werden kann, wenn die meisten damit beschäftigt sind, sich die Reste eines Zwiegesprächs vor dem Spiegel einzuverleiben und sind der Meinung, dass keiner unterfordert werden darf.

Deshalb bieten wir zu den einzelnen Sendungen bildhafte Darstellungen an, die bewegt werden können, wenn die Nutzer unserer Plattform es wünschen. So entsteht eine Nutzergemeinde, die später ihre Erlebnisse damit erörtern und nacherleben kann.

Haben Sie für heute schon etwas vorbereitet?

Die Redaktion von „Füllhorn Plattform" stellt sich dem geschätzten Publikum mit einem Bild vor, das perfekt zu unserem Leitspruch „Gut gehört, ist halb geschwant" passt.

Können Sie schon verraten, was „Füllhorn Plattform" morgen im Programm hat?

Wir werden uns einem Thema widmen, das eine unverbildete Ästhetik vor beinahe unlösbare Konflikte stellt: Welche Kosmetik ist für mich anstrengungsfrei am wirkungsvollsten?

„Der Luxus schreckt am Morgen aus Tuben ohne Sorgen" ist dann unser Tageslosungsthema. Wir werden versuchen, dem in einer Live-Reportage näher zu kommen.

Herr Poppinga, vielen Dank für den Überblick. Wir dürfen gespannt sein und bitten unsere Besucher, Zettel und Schreibgeräte bereit zu halten, um sich Notizen für den nächsten Kosmetikeinkauf machen zu können.

Ich darf mich noch mit einem sachdienlichen Zusatz einschalten.

„Der Luxus schreckt am Morgen aus Tuben ohne Sorgen" richtet sich nicht ausschließlich an die Nutzer von Grund- und Fortgeschrittenenapplikationen von Mitteln der Kosmetikindustrie mit und ohne beigefügtem Spachtel zum Zweck der Schönheitserhaltung.

Danke, Herr Poppinga. „Der Luxus ohne Sorgen"… entschuldigen Sie, wie war das noch?

„Der Luxus schreckt am Morgen"…

Sie sagen es… „aus Tuben ohne Sorgen". Nicht wahr?

So ist es.

Und alles morgen auf „Füllhorn Plattform" ggg.plattform.ka. Nicht vergessen!

ggg.plattform.ka

Der Luxus schreckt am Morgen
 aus Tuben ohne Sorgen

Guten Morgen, liebe Plattformnutzer von „Füllhorn Plattform" ggg.plattform.ka!

Wir von „Füllhorn Plattform" wollen Sie heute mit einer Prise Neuem überraschen. Nicht zu viel, aber doch genug, um wach zu werden, falls Sie es noch nicht sind, wovon ich zwar ausgehe, aber nicht rundum überzeugt sein kann.

Wir werden daher dem „Jubilate" von Mozart eine weitere musikalische Beigabe zur Seite stellen. Welche, wird Ihnen Herr Poppinga sagen.

Gerne. Jetzt sofort oder später?

Etwas später.

Was, Herr Poppinga, ist die Philosophie, mit der Sie das Motto „Gut gehört ist halb geschwant" zu dem „Jubilate" von Mozart und dem Tageslosungsthema „Der Luxus schreckt am Morgen aus Tuben ohne Sorgen" anreichern wollen?

Ich habe versucht, mich in unsere Plattformnutzer hineinzuversetzen. Zum einen ist mir selber der voll ungestörte

Umgang mit „Luxus" bei Tagesbedarf aus Tuben so noch nicht untergekommen.

Und zum anderen?

Dazu werde ich mich jetzt im Einzelnen äußern, wenn Sie gestatten.

Sie hatten in der Vorschau zu verstehen gegeben, dass die Thematik umfassender ist, als zunächst angenommen werden kann.

Ich bin in aller Frühe auf den Wochenmarkt gegangen, um die Beschicker nach ihren Erfahrungen zu fragen.

Was haben Sie uns vom Markt Schönes mitgebracht?

Von vier Befragten hatten drei unsere erste Sendung von gestern verfolgt und waren bereits über das Tageslosungsthema „Der Luxus schreckt am Morgen aus Tuben ohne Sorgen" sehr wohl im Bilde.

Herr Poppinga, wie hat sich die Erfahrung mit „Luxus" und „Tuben" geäußert? Gab oder gibt es Zusammenhänge mit und ohne Angabe der Tageszeit?

Ich konnte nicht feststellen, dass einer der Befragten dadurch profunden Schaden erlitten hat. Zeitangaben wurden ad hoc nicht gemacht. Zwei der Befragten boten an, später über diesen Punkt nachzudenken.

Sind Sie dadurch auf die Idee gebracht worden, eine Philosophie der Musikbeigabe zum Tageslosungsthema zu kreieren?

Sie sagen es! Ich habe das Rondo aus einem Menuett von Haydn gewählt, womit ich die heutige Sendung ausklingen lassen möchte.

Zunächst aber das Tageslosungthema von morgen:

Der Keks erscheint in Schlüsselform
und wächst dazu in DIN-A-Norm.

Die Betonung in der zweiten Zeile ist wichtig, um morgen dem Musikteil besser folgen zu können. Sie liegt auf „A".

„Füllhorn Plattform" ggg.plattform.ka und ihre Redaktion wünscht Ihnen einen schönen Tag und würde sich über zahlreichen Besuch freuen.

ggg.plattform.ka

Der Keks erscheint in Schlüsselform
und wächst dazu in DIN-A-Norm.

Guten Morgen bei „Füllhorn Plattform" ggg.plattform.ka! Treten Sie näher! Machen Sie mit!

Wir sind heute aus gegebenem Anlass mit unserem Kuriositätenkabinett ins „Panoptikum" gezogen, um Sie und uns vor eine Anforderung zu stellen, der wir nach erster Hochrechnung gemeinsam gewachsen sein werden.

Ferner bringen wir Ihnen ein Protokoll zur Kenntnis, in dem wir für Sie Hörerwünsche und -stimmen zu unseren Tageslosungsthemen von Luxus über Tuben bis hin zum Keks zusammengestellt haben.

Herr Poppinga, können Sie etwas dazu sagen, wie wir unser Publikum bei der Akzeptanz unserer Bemühungen unterstützen.

Wir haben nach eingehender Überlegung und Beratung für unsere Besucher das beliebte Kunstlied „C-a-f-f-e-e" von Mozart gewählt.

„Füllhorn Plattform" ggg.plattform.ka sieht sich aus dem eben genannten Anlass zum ersten Mal seit ihrer erfolgreichen Ausstrahlung verpflichtet, Ihnen mitzuteilen, dass für „C-a-f-f-e-e" und für alle zuvor im Protokoll festgehaltenen und Ihnen öffentlich zu Gehör gebrachten Einsendungen weder dem Inhalt noch der Ausführung nach im Sinne des Gesetzestextes die Verantwortung übernommen werden muss und auch nicht übernommen wird.

Herr Poppinga, Sie waren die ganze Nacht damit befasst, das Kuriositätenkabinett im „Panoptikum" einzurichten. Was hat Sie dazu bewogen, trotz der von Ihnen geschilderten Hürden bei der Wahl unseres Gast-Standorts zu bleiben?

Ich darf Sie zunächst begrüßen und Sie beglückwünschen, dass Sie zu uns auf die Website gekommen sind, die als ggg.plattform.ka genau der DIN-A-Norm Rechnung trägt, die „Füllhorn

Plattform" ggg.plattform.ka als Schlüssel zum Morgenkeks bietet.

Woran können unsere Nutzer das erkennen?

Wir haben einen Rundlauf eingerichtet, wo im Sitzen und ohne Haltungsschäden im „Panoptikum"-Fernrohr Sendung für Sendung in dem von uns angedachten 3-D-Spektrum zu sehen ist.

Ab welchem Alter empfehlen Sie die Nutzung der Sitzgelegenheiten?

Da bin ich überfragt.

Können Sie uns insoweit beruhigen, dass das Panoptikum-Format für unsere Sendung, deren Übertragung wir gerade einspielen, bereits hier und heute in vollem Umfang unseren Besuchern zugutekommt?

Ich hoffe, dass viele Besucher von „Füllhorn Plattform" ggg.plattform.ka davon Gebrauch machen und uns danach einen Eindruck ihrer Vorstellungen geben, so dass wir nunmehr nahtlos zu der Vorschau unseres Tageslosungsthemas von morgen übergehen können:

„Des Fadens schneller Staub wird bald des Saugers Raub."

Wir dürfen gespannt sein, was Sie sich dazu als Bild und Auftakt überlegen. Die Sendezeit ist beinahe vorüber. Es bleibt aber noch etwas Raum für Musik. Herr Poppinga, würden Sie heute ausnahmsweise den DJ geben?

Wenn ich mir das heutige Tageslosungsthema vor Augen halte und versuche, in die gesamte Problematik unter Berücksichtigung der DIN-A-Norm von Schlüsseln im Transformationsprozess sowie Keksen in genau eben solchen hineinzuhorchen, dann müsste ich etwas wählen, was beidem gerecht wird, ohne in Konflikt mit dem morgigen Tageslosungsthema zu kommen.

Sie spielen auf Füllsel an?

Das bleibt nicht aus.

Vielen Dank Herr Poppinga.

Die Musik…

Wir spielen gleich das „Jubilate" von Mozart ein.

Erst bitte noch „C-a-f-f-e-e".

Wir freuen uns für Sie und mit uns auf das nun folgende Heißgetränk! Ihre „Füllhorn Plattform" ggg.plattform.ka.

ggg.plattform.ka

Des Fadens schneller Staub
wird bald des Saugers Raub

Ein ganz besonders schönes „Guten Morgen" auf „Füllhorn Plattform" ggg.plattform.ka wünscht Ihnen Ihr „Füllhorn Plattform"-Team!

Herr Poppinga und ich forschen heute für Sie nach dem tiefen Sinn von: „Des Fadens schneller Staub wird bald des Saugers Raub" und hoffen auf Ihre rege Beteiligung dabei.

Herr Poppinga, Sie sind bereit?

Ich schließe mich vorbehaltlos meiner Kollegin an! Vielen Dank!

Vielen Dank auch unseren Besuchern! Ihr Interesse an unserer gestrigen Sendung hat uns in der dafür relevanten Statistik eine Punktezahl eingebracht, die uns Mut macht, unsere Plattformidee weiter auszubauen.

Dazu greifen wir die zahlreich geäußerten Wünsche auf, W.A. Mozarts trendiges Kultlied „C-a-f-f-e-e" häufiger als das „Jubilate" hören zu wollen.

Unabhängig davon möchten wir schon jetzt Ihren Meinungen gerecht werden und haben ein Gremium beauftragt, eine Symbiose aus beiden Nutzerwünschen zu schaffen.

Wir wechseln damit zu unserem heutigen Tageslosungsthema „Des Fadens schneller Staub wird bald des Saugers Raub", das kaum einer Erklärung bedarf, wenn Sie unseren vorangegangenen Sendungen die erwünschte Aufmerksamkeit geschenkt haben.

Die Resonanz darauf war ein Schlüsselerlebnis. Unser Publikum ist auf hohem Niveau unbeeinflussbar und hat sich eine eigene Meinung gebildet, die uns unzweifelhaft schmeichelt.

Als kleines Dankeschön für Ihre Aufmerksamkeit spielen wir Ihnen ein berühmtes Trinklied ein, das Mozart komponiert hat, bevor „Füllhorn Plattform" unter ggg.plattform.ka ans Netz ging und bereits heute als Mehr-Sterne-Genussmittel gilt.

Danach hören Sie - wie gewohnt - Mozarts „Jubilate" und das nächste Tageslosungsthema:

„Ein Duschbad mit Wonne kommt selten aus der Tonne".

Vielen Dank, Herr Poppinga. Ich möchte noch auf eine kleine Programmänderung hinweisen. Morgen wird das Tageslosungsthema nicht „Ein Duschbad mit Wonne kommt selten aus der Tonne" sein, sondern „Das Handtuch ist ein Teppichläufer, ein echter Schweiß- und Wassersäufer".

Erst danach ist „Ein Duschbad mit Wonne kommt selten aus der Tonne" geplant. Es könnte jedoch sein, dass dieses Thema bis auf weiteres verschoben werden muss. Wir bitten um Ihr geneigtes Verständnis.

Nunmehr folgt das von Herr Poppinga angekündigten „Jubilate" und das original „Füllhorn Plattform"-Motto.

Dem möchte ich mich mit einem besonderen Gruß an unsere verehrten Nutzer anschließen und mich für das gewogene Interesse bedanken.

Geduscht oder gebadet?

Je nach Handtuch.

Liebe Besucher von „Füllhorn Plattform" ggg.plattform.ka — morgen also nicht auf der Eckbank in der Küche, sondern bereits im Badezimmer und anschließend beim Fitnessfrühstück.

Ich würde das nicht so sagen wollen.

Sie haben Bedenken?

Ich möchte die Nutzer von „Füllhorn Plattform" ggg.plattform.ka in aller Form darauf hinweisen, dass wir einen ethisch-moralischen Auftrag haben und es dementsprechend jedem selber überlassen wollen, wann er wo schwitzt, über welchen Teppich er wann, wo und wie mit und ohne Nutzung welchen Handtuchs auch immer geht.

Sie sagen es.

Wir dürfen uns mit dieser unverbindlichen Anleitung zu unserem Tageslosungsthema für unsere Sendung am Morgen des morgigen Tages in den Tag verabschieden.

So ist es. Ihr Herr Poppinga und…

Füllhorn von „Füllhorn Plattform" ggg.plattform.ka.

Betr.: Ihre Mail - A&A Almanach
Hier: ggg.plattform.ka

„Füllhorn Plattform"

Sehr geehrter Herr Poppinga,

Wir haben mit Interesse zur Kenntnis genommen, dass Sie sich unserer Rechtsauffassung anschließen und auf eine Stier-bezogene Internetplattform verzichten, obwohl Sie, wie wir unserem Archiv entnehmen, 100 Jahre im Amt sind, wozu wir Ihnen unsere Glückwünsche übermitteln und Ihnen gedeihliche Inspiration für die große Verantwortung übermitteln, der Sie jeden Morgen versuchen, gerecht zu werden.

Gleichzeitig möchten wir unser Interesse bekunden, ein paar Kostproben Ihres Programms für unsere eigene Plattform zur Verfügung gestellt zu bekommen, die wir uns als gute Ergänzung zu unserer Sparte vorstellen können.

Wir arbeiten mit audiovisuellen Wiedergabemöglichkeiten, die unter Umständen auch für Sie und das Füllhorn in Frage kämen.

Mit kollegialen Grüßen

Heribert Gurke

Kunst & Gurke (Agentur)

Für und Wider

Herr Poppinga reagiert verhalten auf das Angebot von Kunst & Gurke wie immer, wenn ihm etwas ohne erkennbares Wenn und Aber gut gefällt, weswegen er zur Verbesserung seiner Startposition in die Gegenoffensive geht.

Er möchte bei den Gesprächen mit Artemis über ihre dual angelegten, zukünftigen Aktivitäten als Herr Poppinga und Füllhorn den für ihn angedachten Bereich gerne betreuen, jedoch unter „Leporello X.

Er selber wäre unter den von ihm angesprochenen Umständen bereit, vorübergehend weiter von dem Internetforum „Füllhorn Plattform" zu profitieren, bis ihm etwas anderes einfällt.

ggg.plattform.ka

Das Handtuch ist ein Teppichläufer, ein echter Schweiß- und Wassersäufer.

Hier meldet sich „Füllhorn-Plattform" ggg.plattform.ka. Ein schönes „Guten Morgen"!

Die wichtigste Meldung zuerst: das heutige „Jubilate" wird auf ein späteres verschoben, jedoch um einige Takte verlängert, damit jeder von Ihnen auf seine Kosten kommt.

Wir bitten Sie, trotzdem bei uns zu bleiben und unserer Erklärung zu folgen, die wir aus gegebenem Anlass in der Lage sind abzugeben:

„Wir sind kein Piratensender, sondern ordnungsgemäß beim Schiffsregister gemeldet. Sämtliche Liegegebühren sind inklusive Sendepausen für einen unbestimmten Zeitraum im Voraus berechnet und bezahlt worden.

Unseren Nutzern wird somit ermöglicht, sich ungeachtet eventueller Unwägbarkeiten der bekannten Gebührenordnung für ordnungsgemäße Plattformen mit hiesigem Heimathafen nach eigenem

Gutdünken einen Nutzungsspielraum einzuräumen, der in Gewohnheiten des All- wie Sonntags eingefügt werden kann.

Wir möchten zu Ihrem besseren Verständnis zusammenfassen: Es ändert sich nur insofern etwas für Sie, als da einige Verbesserungen sind, die wir versuchen werden, Ihnen im Laufe der Sendung näher zu bringen. Bleiben Sie dran."

Zu Beginn möchten wir dem Ernst der Situation angemessen das Loblied „Nun danket alle" zu Gehör bringen. Sie dürfen dabei weiter in gewohnter Umgebung bleiben und müssen auch nicht Haltung annehmen.

Wir nähern uns sodann unverzüglich der Gegenwart mit einem Kommentar von und mit Herr Poppinga, der sich zur Verhältnismäßigkeit von Handtüchern einerseits und der Bandbreite von Teppichläufern andererseits äußern wird.

Herr Poppinga, möchten Sie jetzt etwas dazu sagen, wieso wir antistatisch und azyklisch auftreten, statt uns der Gegenteiligkeit davon zu bedienen?

So ist es. Sie sagen es.

Wäre es denkbar, dass Sie einen akustischen Zusatzvermerk zu unserer Einführung machen?

Das kommt darauf an.

Hat das Dankeslied, das Sie soeben für unsere Netznutzer haben erklingen lassen, eine Aussagekraft, die jeglichen Kommentar erübrigt?

Das kommt darauf an. Ich habe eine ältere Aufnahme gewählt, mit der keiner Schwierigkeiten haben dürfte.

Können Sie unsere Frage ebenso wie Ihre Antwort musikalisch beantworten?

Es steht zu befürchten, dass danach einiges in Bewegung geraten könnte, was zum Gelingen einer größeren Übung bedarf, als die unbeteiligte audiovisuelle Wahrnehmung.

Sie spielen auf das Bild an?

Das kann man so sehen, muss es jedoch nicht. Ich möchte in der Hinsicht auf die Rückmeldung unserer „Füllhorn Plattform"-Nutzer auf ggg.plattform.ka warten.

Wir gedulden uns nur ungern, aber schließen uns Ihnen mit dem „Füllhorn Plattform"-Motto „Gut gehört ist halb geschwant" an und verweisen auf das nächste Tageslosungsthema mit fortschreitendem Inhalt: „Die schärfste Konkurrenz zum Tonic Wasser ist Leitungswasser".

Ich darf hinzufügen, dass wir morgen in vollem Umfang aus der Hochburg senden.

Sie sagen es! Ist das alles?

Die Ergänzung zum Tageslosungsthema „Die schärfste Konkurrenz zum Tonic Wasser ist Leitungswasser" wird zum besseren Verständnis ein weiteres Tageslosungsthema sein:

„Es trägt sich wie allein, mal ganz heraus, mal ganz hinein". Dazu gibt es hier und da Musikeinlagen, die noch nicht verraten werden. Durch die Sendung führt meine Kollegin im Studio.

Ich selber übernehme ab sofort die Sendungen im Fanblock von „Füllhorn Plattform" ggg.plattform.ka und bin damit dem Publikum nah und fern mehr verbunden als zuvor.

Herr Poppinga, wir danken Ihnen für Ihre Tätigkeit, deren Nachhaltigkeit schon jetzt bereits außer Zweifel steht. Möchten Sie statt des obligatorischen Blumenstraußes zum Abschluss das „Füllhorn Plattform"-Motto „Gut gehört ist halb geschwant" und eine Überleitung zu Ihrer neuen Tätigkeit sprechen?

Ich fürchte, ich bin zu gerührt.

Entschuldigen Sie!

Das „Füllhorn Plattform"-Motto „Gut gehört ist halb geschwant" wird nun Herr Poppinga zuliebe mit Mozarts meistgespielter KV-Nummer untermalt, die als „Kleine Nachtmusik" in die Geschichte der abendländischen Hörkultur eingegangen ist.

Wir wünschen Ihnen, liebe Besucher von „Füllhorn Plattform" ggg.plattform.ka, einen Tag, der Ihnen als einer in Erinnerung bleibt, an dem sich etwas ganz allein herein wie auch heraus trägt. Bis zum nächsten Mal - hier oder auf „Poppinga Plattform" ggg.plattform.ka.

ggg.plattform.ka

„Weisheit hat Grenzen"
von und mit Herr Poppinga

Hier meldet sich "Poppinga Plattform" www.plattform.ka von und mit Herr Poppinga.

Wie angekündigt, haben wir ein Spezialgebiet für Sie bestellt, das ich unter der mir gebotenen Vorsicht und Anwendung aller Vorbehalte mit über das Schachbrett gedribbeltem Fußball vergleichen möchte. Selbstverständlich sehen wir dazu Ihren fachkundigen Äußerungen und Anregungen gerne entgegen.

Bitte nehmen Sie jedoch bereits vor Beginn der Sendung zur Kenntnis, dass wir Ihnen keine Schiedsrichterfunktion übertragen können und Linienrichter auch nur unter ganz bestimmten Umständen nach vorheriger Anmeldung außerhalb des Sendezeitraums akzeptieren.

In Anbetracht der nicht unbeträchtlichen Herausforderung habe ich in dem genannten Zusammenhang für das "Poppinga Plattform"-Format ein konformes Motto erdacht. Es ist als Aufforderung an die "Poppinga Plattform" ggg.plattform.ka-Gemeinde gerichtet und lautet:

"Der Ball wird rund gedacht."

„Poppinga Plattform" ist zwar kein Fitnesscenter, kein Sportclub mit Wellness Programm, aber „Poppinga Plattform" beschäftigt sich mit den Voraussetzungen und Bedingungen, die jeder kennt und für sich in Anspruch nehmen oder ablehnen kann, wenn er kein Fitnesscenter besuchen kann oder will und ein Sportclub mit Wellness Programm auf den Wunschzettel für den Fall eines Lottogewinns gehört.

„Poppinga Plattform" macht es ab heute Ihnen, denen ein ggg.plattform.ka-Besuch bereits zur lieben Gewohnheit geworden ist, möglich, indem Sie sich den Ball Ihrer Wünsche rund denken.

Für „Poppinga Plattform" gab und gibt es keine Mühe außerhalb des Vorstellungsbereichs, um für Sie ein Anschauungsbeispiel zu suchen, das genau unser Anliegen zu Ihrem Vergnügen und Wohl erklären kann.

Wir sind dafür weit gereist, haben uns Zeit- und Klimawechsel ausgesetzt und sind nun zu Gast in einer Stadt, deren Fabel vom Sieg des Teamgeists um die Welt ging und zum PR- wie

Markensignet von einigen großen Organisationen und Institutionen wurde.

Ich spreche von Elefanten, die nicht das große Los gezogen haben, nie im Preisausschreiben gewinnen, keine Sonderziehung im Prämiensparen in Anspruch nehmen können.

Ich spreche von Elefanten wie Sie und ich, die durch Ihrer eigenen Hände-, Füße- und Kopfarbeit weiter gekommen sind.

Dabei will „Poppinga Plattform" bei authentischen Ortsterminen versuchen, die Hintergründe für die beständig ansteigende Erfolgskurve von aktiv Beteiligten erklärt zu bekommen.

Alles begann in einem unauffälligen Haus am Stadtrand. Noch heute lässt nichts auf eine derart fulminante Entwicklung schließen. Die Rasenfläche ist weder besonders eben noch frei von Ungenauigkeiten. Ich meine, hier und da Abweichungen von mehreren Millimetern gesehen zu haben.

Vielleicht noch ein Wort zu den Blumentöpfen am Eingang. Sie beherbergen einige bemerkenswert langlebige Trophäen aus den Anfängen des Teams. Dort empfängt mich die Mutter einer der Berühmtheiten, deren Aufzucht- und Trainingsrezept sich einer langen Tradition rühmen kann.

Madam, wir von „Poppinga Plattform" ggg.plattform.ka würden gerne wissen, wie es soweit kommen konnte, dass ein ganzer Clan zur Fabel wurde. Erinnern Sie sich an die Anfänge?

Aber ja! Der kleine Elefant, über den wir zu sprechen haben werden, weil er später unser Star wurde, hatte einen Dickkopf wie alle kleinen Elefanten ihn haben, nur dass er dicker war, viel dicker, so dick, dass er nur aus dem Dickkopf zu bestehen schien, weswegen er ihn selber „Lo" nannte.

Lebten Sie, Madam, und Ihr werter Gatte da schon in einem Reservat?

Ich möchte das umgehend richtig stellen. „Reservat" ist eine etwas laienhafte Bezeichnung. Richtiger wäre es von einem „Trainingslager" zu sprechen.

Wann bezogen Sie das Trainingslager?

Wenn ich mich recht entsinne, war es, nachdem die Schwangerschaft festgestellt worden war.

Sie gingen mit dem Dickkopf schwanger?

So ist es. Es war eine schöne Zeit. Nie hat mein Mann mir mehr geholfen als damals.

Freiwillig?

Aber ja! Wir haben uns alles geteilt. Er hat über die vielen Monate hinweg keinen Moment aufgehört zu behaupten, sogar die Schwangerschaft hätten wir uns geteilt. Ich habe meine ganze Weisheit anstrengen müssen, ihm das auszureden, damit vom Futter etwas übrig blieb!

Hatte das traumatische Folgen?

Ich wage nicht, mich da hinein zu versetzen, aber es könnte sein, dass der Junge aufgrund meiner eigenen Wahrnehmungen bereits als Embryo seinen Dickkopf entwickelt hat.

Haben Sie deshalb besonders viel Verständnis für ihn gehabt?

Ich rief ihn von Anfang an „LoLo", um ein Gefühl für echten Teamgeist bei ihm herauszukitzeln. Mein Mann hat sich dem angeschlossen.

Würden Sie das auch heute noch für eine gute Idee erachten, wenn in Betracht gezogen werden muss, dass Ihr Junge über eine ungewöhnliche Rezeptionsfähigkeit verfügt?

Das kann man so oder so sehen. Als Mutter gilt es, mehr als eine Wirkung zu beachten. Zu Ihrem besseren Verständnis muss ich etwas weiter in LoLos Entwicklungsgeschichte zurückgehen.

Wenn LoLos Widerspruchsgeist tobte, stand bei ihm der unabänderliche Ausbruch einer Verweigerung bevor. Alle litten. Am meisten litt er jedoch selber.

Er wollte nicht, dass er nicht wollen sollte. Ich würde sogar so weit gehen zu behaupten, über meine Anstrengung, der schwierigen Wesensart von LoLo mit Erziehung beizukommen, wäre ich farbecht grau statt enzymweiß geworden.

Madam, das ist sensationell!

So ist es. Ich hatte Berge von Anfragen deswegen.

Änderte es das Verhalten von LoLo?

Mein pädagogisches Konzept erwies sich als eine verzwickte Angelegenheit innerhalb einer vertrackten Situation. Sie müssen unser Hauptproblem verstehen: Was wenig bekannt ist: Wir Elefanten sind sensibel. Was viel genutzt wird: Wir sind lernfähig. Lernfähig bis hin zur Gelehrigkeit. Wir denken mit, was autoritäre Erziehung behindert. LoLo ist insofern ein echter Elefant.

„Sag doch einfach ‚Nein‘, wenn Du ‚Nein‘ meinst, habe ich ihn ermuntert. Ich schwöre auf sanfte Methoden, wenn ich alles andere ausprobiert habe.

Wie sympathisch und klug!

Sie hätten LoLo damals erleben müssen, dann könnten Sie erst ermessen, was er mir an Geduld abverlangt hat!

„Du meinst ‚Lo‘", hat er mir auf meinen guten Rat hin mit aller Bestimmtheit geantwortet. Richtig kiebig hat es geklungen, weil der Unterschied zwischen Ober- und Unterlippe nach unseren Maßstäben altersgerecht noch zu gering war. So was von komisch, wie er mit seinem rosa Rüssel aussah! Dabei durfte ich keine Miene verziehen, sonst wäre er noch wütender geworden.

Wären seine gefürchteten cholerischen Anfälle nicht frühzeitig zu korrigieren gewesen, wenn Ihr Sohn rechtzeitig grau geworden wäre?

Sie können mir abnehmen, dass ich mir redlich Mühe gegeben habe, aus ihm einen tüchtigen Jungen zu machen. Ich habe gar nicht viel verlangt, genau genommen wurde es weniger und weniger. Nur ein einziges Mal sollte er sich ausnahmsweise anständig benehmen, hatte ich mir ausbedungen. Dann würde ich schon dafür sorgen, dass alle Missetaten vergeben und vergessen würden. Aber selbst der eine bescheidene Appell blieb ohne Wirkung.

Wenn man das bemerkenswerte Resultat Ihrer Einwirkung in Betracht zieht, ist es beinahe unwahrscheinlich, dass eine Mutter nicht mehr bewirken kann.

Mein Mann hat ein Machtwort gesprochen.

Ist er hier?

Ich weiß noch, was er gesagt hat. Er selber wird es kaum besser wissen, geschweige denn, Ihnen objektiv wiedergeben können.

„Wenn das mit dem Rüsselschwenk so weiter geht, schicken wir Dich nach Ro", hat er bestimmt, worauf LoLo noch mehr gezetert hat.

Ich hätte das meinem Besten zwar gleich sagen können, aber es wäre auf taube Ohren gestoßen.

Ich verstehe. Weisheit hat Grenzen. Was bleibt zu tun?

Sie nehmen mir das Wort aus dem Mund! Weisheit hat in der Tat Grenzen. Wer will, kann ein Leben lang grasen. Korrekturen möglich. Einerseits.

Sie kennen sich aus?

Sehen Sie, ich bin schon seit geraumer Zeit Spielermutter, und das erfolgreich. Keiner hat mir meine Fähigkeiten abgesprochen. Nur LoLo hat Probleme gemacht. Hochbegabte in der Herde machen Stress, sind aber förderungswürdig. LoLo ist ein gutes Beispiel.

Ich darf zusammenfassend sagen, dass Sie die Anlagen Ihres Sohnes erkannt und durchschaut haben, was nicht hoch genug gerühmt werden kann. Es ist anzunehmen, dass damit der Grundstein für die Karriere Ihres Sohnes als teamfähigem Stürmer der Mannschaft gelegt worden ist. Welchen Anteil an dem immensen Erfolg des ganzen Clans hat Ihr Mann?

Da halte ich mich raus. Sie müssen ihn selber fragen. Er wäre ungehalten, wenn ich mich in sein Ressort einmischen würde.

Wie schade! Ich respektiere selbstverständlich Ihre Zurückhaltung und darf mich an geeigneter Stelle für das mir von Ihnen gezeigte Vertrauen bedanken. Wenn Sie mir die Freude machen, den vorbereiteten Allerleistrauß entgegenzunehmen, wäre ich überglücklich.

Darf ich mir stattdessen etwas wünschen?

Wenn es sich erfüllen lässt.

Hätte Ihre Plattform jemanden, der den Rasen mal richtig trimmt?

Ich werde mich nach Rückkehr ins Studio darum kümmern. Bis auf weiteres muss ich Sie bitten, mit dem Strauß vorlieb zu nehmen!

Abgemacht!

ggg.plattform.ka

„Man muss seine Vorteile wahren"

Hier ist Ihr Herr Poppinga auf "Poppinga Plattform" ggg.plattform.ka. Ich heiße alle Besucher herzlich willkommen!

Wir beraten derzeit mögliche Folgen der großen Bereitschaft von "Poppinga Plattform" ggg.plattform.ka-Nutzern, die willens sind, völlig uneigennützig den in meinem Beitrag von gestern angesprochenen Zustand des Rasens, der die Welt bedeutet, auf Vordermann zu bringen.

Es passt in unser Konzept, den genannten Möglichkeiten wie Anforderungen mit dem uns zur Verfügung stehenden Bemühen entgegenzukommen, um Ihnen zu Hause, oder wo immer Sie uns empfangen, eine weitere interessante Komponente des Plattform-Formats zu bieten. Bitte haben Sie Verständnis dafür, dass wir nicht mit Sicherheit voraussagen können, wann uns das gelingen wird.

Demnach heißt unser Tageslosungsthema heute: "Man muss seine Vorteile wahren."

"Poppinga Plattform" fragt nach, wie und in welcher logischen Reihenfolge dabei vorgegangen werden kann oder muss, wenn es sich nicht

schon vorher abzeichnet, dass erst ein Vorteil herausgespielt werden kann oder muss, um ihn wahren zu können oder zu müssen.

Wir behalten uns vor, dass unsere Überlegung dazu nicht mit allen Überlegungen unserer Besucher in Übereinstimmung sein kann oder unter Umständen sogar ist und befragen heute den Familienchef des legendären Elefantenteams selber. Er hat im Vorfeld zugesagt, dafür ans Mikrofon zu kommen, um sich zu Entwicklungsproblemen zu äußern.

Sir, die Besucher von „Poppinga Plattform" ggg.plattform.ka haben uns zu verstehen gegeben, dass es für sie Priorität hat, prinzipielle Grundlagen des Trainings und Teamerfolgs vom Spielführer der Truppe selber zu erfahren.

Ich wünschte, LoLo hätte alles das im Kopf gehabt, was er damals in seinem Bauch hatte.

Wenn ich Sie richtig interpretiere, sind Sie nach Leibeskräften um eine objektive Betrachtungsweise bemüht.

Die Hauptsache darf nie eine Umgehung einer Umgehung der Umgehung werden. Weder rüsselläufig noch rüsselgegenläufig.

Ist das eine Frage des Trainings?

In der Quintessenz heißt es, dass man seine Vorteile wahren muss.

Womit Sie unsere ursprüngliche Frage beantworten.

Die stammt von meiner Frau.

Sir, möchten Sie damit zum Ausdruck bringen, dass Ihre Frau für die Vorteile der Mannschaft verantwortlich ist?

Das kann ich Ihnen an einem schönen Beispiel erklären. Er kommt nach ‚Do‘, war mein Plan B.

Hat Ihr Sohn verstanden, wie gut Sie es mit ihm meinten?

„Nein, nein und nochmals nein! ‚Lo‘, ‚Lo‘, ‚Lo‘, ‚Lo‘!", hat er geschrien.

„Du kommst nach ‚Do'", habe ich nur ein einziges Mal gesagt. LoLo wusste, was das bedeutet. Er hat trompetet und sich das Kopfhaar mit Scheitel gekämmt. Respekt hat er vor mir immer gehabt, das können Sie mir auch jetzt noch glauben!

Ich würde einen Scheitel als hervorragenden Indikator dafür ansehen. Wie konnten Sie die Resonanz auf Ihr Angebot, LoLo nach ‚Do' zu schicken, real bemessen?

Nachdem ich LoLo die rote Karte gezeigt hatte, habe ich meine Frau beauftragt, alles in die Wege zu leiten, wie sie bisher alles im Interesse aller in die Wege geleitet hat.

Sir…Sie hatten LoLo zuvor die gelbe Karte…Sir?

Meine Damen und Herren, das Familienoberhaupt reagiert nicht. Entschuldigen Sie die Unterbrechung. Zu Ihrer Information muss gesagt werden, dass es sich um eine Direktübertragung handelt. Sir?

Meine Damen und Herren, verehrte Besucher von „Poppinga Plattform" ggg.plattform.ka-Sir?

Der Chef der Spielerlegenden hat sich offenbar entschlossen, die Frage nach der gelben Karte zu ignorieren. Wahrscheinlich handelt es sich um ein Betriebsgeheimnis. Es wendet den Kopf ab. Nein! Haben Sie einen Moment Geduld – jetzt sehe ich, wir haben eine Tonstörung. Ich muss mal eben das Mikrofon aus seinem Rüssel nehmen. Danke, Sir!

Was ich Ihnen sage: nichts als Geschwätz, um sich jeglicher Haftung zu entziehen!"

Aber ich bitte Sie! Entrüsten Sie sich nicht!

Noch ein Zusatz, junger Mann: Ich habe das dringende Gefühl, man hat mir gar nicht zugehört.

Sir, ich bitte Sie! Ich hoffe, Sie meinen nicht uns!

Habe ich damals zu meiner Frau gesagt.

Ich nehme an, dass es sich um Familieninterna handelt.

Papperlapapp Familieninterna! Jeder muss mal lernen, mit den Ohren und der Schwanzquaste zu wackeln! Wenn ich mich nicht irre, befragen Sie mich nicht zu meiner Frau und mir, sondern zu unserem gemeinsamen Sohn LoLo! Nun wissen Sie auch mal, wie das ist.

Wie was ist, wenn ich fragen darf?

Sie haben wohl keine Kinder?

Wir haben ein Studio.

Dann merken Sie sich mal für Ihr Studio, wie es ist, wenn man einen widerborstigen Sohn zu einem Teammitglied erziehen will.

Sehr wohl, Sir! Ich werde einen Ordner anlegen.

ggg.plattform.ka

Wer ‚Do' lernt, muss erst einmal Fußball spielen können.

Hier meldet sich Herr Poppinga auf „Poppinga Plattform" ggg.plattform.ka aus dem Ort der fabelhaften Legenden. Ich werde umspielt von LoLo, dem Kapitän der Mannschaft. In einiger Entfernung beobachten uns seine Eltern, die wir bereits zu ihrem persönlichen Einsatz im Dienste des Erfolgs der Gruppe gehört haben.

Nach dem temperamentvollen Auftritt des Chefs der Großfamilie, haben wir uns heute mit Schutzhelmen versehen und empfehlen unseren Besuchern zumindest Ohrenschützer anzulegen, wenn sie nicht gerade woanders gebraucht werden. Ersatzweise können Sie sich ein Kissen auf den Kopf legen. Unsere Sendung befindet sich wie immer im Rahmen der größtmöglichen Vereinfachung, um Ihnen allen Zutritt zu den fantastischen Leistungen der Elefanten vor Ort zu bieten.

LoLo, Sie sind bereit?

Jawoll!

Haben Sie meine Interviews mit Ihrer Mutter und Ihrem Vater in unserer Sendung verfolgt?

Nö. Ich weiß ja, was sie sagen.

Sie meinen, Ihre Eltern so gut zu kennen, dass Sie voraussagen können, welche Reaktion sie zeigen, wenn eine Befragung zu Ihnen, dem Superstar des Elefantenteams, ansteht?

Na klar! Wahrscheinlich haben Sie mal wieder vom Leder gezogen.

Aber nein!

Das wundert mich echt! Seit ich aus ‚Do' wieder da bin, gibt es kein anderes Gesprächsthema.

Das wäre?

Was meinen Sie damit?

Warum ist ‚Do' ein Gesprächsthema?

Es ist nicht e i n Gesprächsthema, es ist d a s Gesprächsthema.

Gut, dann frage ich noch einmal: Warum ist ‚Do' d a s Gesprächsthema?

Meine Freundin soll nicht mit mir ins Trainingslager.

Ich verstehe, Sie sind noch nicht verheiratet.

Sie ist kein Clubmitglied.

Kann man da nichts machen?

Fragen Sie doch mal meine Eltern!

Für mich ist es einfacher, Sie zu fragen. Wenn Sie dafür etwas näher an das Mikrofon herankommen würden, wäre es beinahe ideal.

Mein Vater hat mich gewarnt.

Vor dem Mikrofon?

Nö. Vor meiner Freundin. Sie kann singen, aber nicht Fußball spielen.

Kann Ihr Vater singen?

Eben nicht.

Dann sollte er sich doch freuen!

Sagen Sie ihm das selber!

Ich mische mich in Ihre Familienpolitik nicht ein.

Was noch?

Sie selber wollen nicht singen lernen?

Warum?

Vielleicht lernt dann Ihre Freundin besser Fußball spielen.

Glaube ich nicht.

Hat sie es denn schon dermaßen erfolglos versucht?

Das kann man so auch nicht sagen.

Wie denn?

Fragen Sie sie doch selber.

Das werde ich wohl tun.

Ich will aber dabei sein.

Ach, so ist das!

Sie sagt sonst sowieso nichts.

Wir könnten es ja probieren. Ich will ihr nur die Grundregeln von neunzig Minuten Fußball ohne Nachspielzeit und ohne Elfmeterschießen zeigen.

Das habe ich schon ausgiebig versucht! Da brauchen Sie sich gar nicht erst groß ins Zeug zu legen.

Das habe ich auch nicht vor.

Was meinen Sie, was ich mich das habe kosten lassen?

Darf ich mich als Vermittler anbieten?

Was ist das?

Sie unterhalten sich so normal wie möglich mit Ihrer Freundin und ich versuche, dazwischen zu gehen. Mit dem Ergebnis gehen wir dann zu Ihren Eltern.

Hört sich wie Fußball an!

Sage ich doch! Versprechen kann ich aber nichts.

Wenn es wie Fußball ist, ist es wohl ganz brauchbar. Ich bin nach dem Trainingslager im Ausland. Wir können uns da treffen, falls es langweilig wird.

Als Ersatz für Ihre Freundin?

Nö, nicht richtig. Ich kann die Landessprache nicht.

Ist denn Ihre teure Freundin sprachbegabt?

Sie ist als Frau im Vorteil, weil sie mit allen redet, egal ob sie die Sprache kann oder nicht.

Das ist nicht ganz von der Hand zu weisen.

Sie hat schon den Elementarkurs gemacht. Das ‚Da' sitzt perfekt.

Ich verstehe. Und nun?

Nun denkt sie darüber nach.

Vielen Dank LoLo!

Verehrte Nutzer von „Poppinga Plattform" gggplattform.ka, wir sagen damit dem ganzen Elefantenteam vor Ort „Tschüs" und „Auf Wiederhören", besonders aber den gastfreundlichen Eltern von LoLo und LoLo selber sowie Ihnen allen, die uns unermüdlich mit Kommentaren unterstützt haben. Bleiben Sie uns treu! Ihr Herr Poppinga.

Herr Poppinga wird Verleger

Herr Poppinga ist von der Vielseitigkeit der Elefanten fasziniert. Er entschließt sich zu einer Veröffentlichung seiner gesammelten Interviewtexte unter Hinzuziehung von Sportwissenschaftlern, Zoologen, Biologen als auch Generalisten.

Zur Einarbeitung in die komplexe Materie besucht er bei nächster Gelegenheit die Vorstellung eines Zirkus, um sich Anregungen für die Geschichte von Lolos Training und der Sangesfreude seiner Freundin vorturnen zu lassen.

Die Nummern auf dem Trapez sind für ihn die spannendste Herausforderung. Sie erfüllen sämtliche Kriterien des erweiterten Inhalts seiner Interviews mit den Elefantenberühmtheiten.

Nachdem alle Artisten heil über das Sprungtuch in der Manege gelandet sind, weiß er, dass es keinen besseren Titel gibt als gar keinen, wenn ihm kein anderer einfällt.

Er stellt sich eine Art belebtes Weißbuch vor und hat seitdem einige ruhelosen Stunden, um einen Entwurf zu skizzieren, der Titellosigkeit in ihr krasses Gegenteil umwandelt.

Unaufschiebbares

Herr Poppingas Verlegertätigkeit entfällt, weil bekannt wird, dass sich Rossini wider Erwarten doch zur Uraufführung seiner Messe entschlossen hat, was den kompletten Einsatz von Herr Poppinga erfordert, um Rossinis klerikalem Werk in allen Belangen gerecht zu werden, nachdem das Füllhorn mit der unnachahmlichen Generalprobe in Vorlage gegangen ist.

Nicht nur, dass Herr Poppinga die Kontrollen so engmaschig angelegt hat, dass selbst Rossini ohne Double auskommen kann und die Musik ohne Zwischenrufe als Genuss einer Rezeptur Rossinis aus früheren Jahren nachempfunden werden darf.

Es kommt darüber hinaus zu einer seltenen Übereinstimmung aller Anwesenden, die in der gebotenen Form die Generalprobe bei weitem übertrifft: keiner kommt in Versuchung, es dem famosen Rossini gleichzutun.

Danach ist Herr Poppinga weiter mit der technischen Aufbauarbeit seiner Karriere beschäftigt. Seine Ordnungsliebe verhilft ihm innerhalb angemessen kurzer Zeit zu einer Erfindung für den öffentlichen Raum, die ihn in die Lage versetzt, die Berufung in die Ehrengarde der globalen Verkehrssicherheit annehmen zu können.

Artemis als Füllhorn ist von Apollo als Herr Poppinga begeistert, der durch seine Sendungen auf „Poppinga Plattform" ggg. plattform.ka indirekt auch „Füllhorn Plattform" ggg.plattform.ka so stark aufgewertet hat, dass daran gedacht wird, sich mit einem zusätzlichen Plattform-Archipel als fusionierte Plattform-Gesellschaften eintragen zu lassen und mit einer von Herr Poppinga begleiteten Auslandsmission „Leporello X" eine weitere Gesellschaft zu gründen.

Der Sonderbeauftragte für „Leporello X" soll unter dem Decknamen „Urbs" agieren. Er wird mit weit gehenden Vollmachten versehen, die Artemis in ihrem Füllhorn findet und ist, bis auf eine Kleinigkeit, mit allem einverstanden. Die allerdings hat es in sich.

Urbs besteht darauf, dass Apollo in seiner Gegenwart nicht unter „Herr Poppinga" auftritt, worauf der sich zunächst etwas verärgert abwendet, um nach angemessener Schmollzeit zurückzukommen und Urbs zu geloben, weitere Identitätswechsel nur in seiner Abwesenheit zu vollziehen.

„Leporello X" steht nichts mehr im Wege.

Seite für Ihre geschätzten Anmerkungen